D+

dear+ novel

okaerinasai, itoshiiko ・・・・・・・・・・・・・・・・・・・・・・・・・

おかえりなさい、愛しい子

宮緒 葵

新書館ディアプラス文庫

おかえりなさい、愛しい子

contents

illustration : 橋本あおい

おかえりなさい、愛しい子

女神を永遠《とわ》に眠らせよ。
目覚めさせてしまったのなら、殺せ。

「ねえ、聞いた？　先だって入宮した新参者のこと」

「もちろんですわ。早々に陛下の伽役《とぎやく》という栄誉を賜《たまわ》ったにもかかわらず、ろくに口もきかぬ有様だったとか」

「陛下は『木偶《でく》人形など抱いていられるか』とたいそうご立腹《りっぷく》になり、別の妃《きさき》のもとへお渡りになってしまわれたそうですわね」

泉のほとりにしつらえられたあずまやで、着飾った若い妃たちが色とりどりの砂糖菓子をつまみながらおしゃべりに興《きょう》じていた。楽しげな笑い声が漏れるたび、身につけた耳飾りや首飾りが揺れ、しゃらしゃらと音をたてる。

彼女たちに見付かってしまわぬよう、ロセルは中庭を囲む列柱の間を素早く駆け抜けた。

小さな頭に巻いていた布がふわりとほどけ、少し癖のある金色の髪があらわになる。ロセルは慌てて布を巻き直した。この宮殿で金色の髪を持つのはロセルくらいだ。見咎《みとが》められたら、すぐにロセルだとばれてしまう。

柱の陰に身をひそめ、つぶらな若葉色の双眸《そうぼう》であたりを警戒する。亡き母親の幼い頃にそっくりだという愛らしい顔は、緊張に強張《こわば》っていた。

末位も末位の十二番目とはいえ、ロセルも皇子だ。しかも未だ四歳の幼い身ゆえ、皇帝の妃や寵姫《ちょうき》たちが暮らす後宮《こうきゅう》をうろついていても責められることはまず無い。それでもロセルの足取りが慎重なのは、目的地が皇帝…父親の新しい妃の住まう部屋だからである。

「たいそう美しいからと、亡国の王子の分際でこの柘榴宮《ざくろきゅう》の住人になることを許されたというのに」

「陛下は移り気なお方。新参者がご寵愛《ちょうあい》を賜る機会は、二度と巡って参りますまい」

「まあ…、子を望めぬ身では陛下のご寵愛だけが頼りでしょうに」

お可哀想にと哀れみつつも、風に乗って流れてくる妃たちの声には隠しきれない愉悦《ゆえつ》が滲んでいる。後宮が柘榴宮と呼ばれるのは、たくさんの実をつける柘榴が多産の象徴であり、テトロディア帝国の紋章でもあるからだ。

そこに住まう妃たちは皇帝クバードの寵愛を獲得し、皇子皇女をもうけることだけが存在意義の全て。

クバードは美しければ男でも女でも構わず手をつけるため、男の妃も少なくないが、子を望めない彼らはクバードの寵愛をつなぎとめようと必死になるのだと妃たちの噂で聞いた覚えがある。侍女のシュクルに話したら、『そのような破廉恥《はれんち》な噂など、耳になさらないで下さいませ！』と怒られてしまったけれど。

何で寵愛をつなぎとめることが破廉恥なんだろう、と首を傾げながら、ロセルは中庭の横断に成功する。

……お妃様たちが話してるの、きっとあの人のことだよね。

柘榴宮には百人近い妃が住まい、寵を競っているが、亡国の王子で新参者と呼ばれるのは今のところ一人だけだ。その新参者の妃に会うため、ロセルは昼寝のふりをしてこっそり自分の部屋を抜け出した。

かの人がロセルの亡き母マリヤムと同じ、亡国の生き残りの王族だから…ではない。クバードは周辺諸国を攻め滅ぼしては当地の美男美女を連れ帰るため、亡国の王族など柘榴宮ではあまり珍しくないのだ。

ロセルが新参者の妃にどうしても会いたいと思ったのは、かの人がロセルと同じ金色の髪の主だと聞いたからである。

人は生まれながらに魔力を持ち、その多寡《たか》は髪の色に現れる。持つ魔力が高いほど髪の色は淡くなり、低ければ濃くなっていく。テトロディアの民は皇族も含め、九割以上が黒髪か褐《かっ》色《しょく》…魔力をほとんど持たない。皇帝クバードも艶やかな漆黒の髪の主だ。

テトロディアでは異端とされるほど豊富な魔力の証《あかし》である金色の髪を、ロセルは母から譲り受けた。亡き母マリヤムは、魔術王国として名を馳《は》せたウシャス王国の王女だったのだ。

テトロディアと違い魔力に恵まれたウシャスの王族は皆金色の髪の主であり、だからこそ己が持たぬものを持つ者を蛇蝎《だかつ》のごとく憎むクバードによって攻め滅ぼされた。マリヤム以外の王族は全員殺され、マリヤムは家臣や民の助命と引き換えにクバードの妃になった。そしてロセルを身ごもったが、出産から一年も経《た》たずに死んでしまったのだ。

己が持たぬものを持って生まれた息子にクバードは愛情を注がず、柘榴宮の小さな部屋に放置した。さすがに最低限の養育費は与えられたが、マリヤムの侍女だったシュクルが小さなロセルを哀れんで残ってくれなかったら、赤子のまま死んでいたかもしれない。

異端の色彩を持ち、父皇帝からの愛情も得られなかった十二番目の皇子に周囲は冷たかった。仮にも皇子だから肉体的な暴力を受けることは無いが、たくさん居るきょうだいたちの輪には入れてもらえず、異形の皇子よと爪弾《つまはじ》きにされる日々。

そんな時に同じ金色の髪を持つという新参者の妃の存在を知ったのだから、会いたいという気持ちが抑えきれなくなるのは当然だった。自分の生母ではない妃のもとへ忍び込めば、父親に対する反逆を疑われるということは、幼いロセルにもわかっていたけれど。

……その人は、母上に似ているのかな……？

どきどきする心臓をなだめながら、ロセルは回廊を進んでいく。昼間でも薄暗く、召使いたちすらめったに寄り付かない東翼の一画には、新入りや寵愛の薄い妃たちに与えられる部屋が集中している。クバードの怒りを買ったかの人は、このあたりに押し込められたのではないだろうか。

果たして、ロセルは無防備に扉が開け放たれた部屋を発見した。ふらふらと入り込んでいってしまったのは、匂いを嗅《か》いだからだ。花とも果実とも砂糖菓子ともつかぬ、甘くかぐわしい、どこか懐かしい匂いを。

水盤と天窓がしつらえられた入り口には、誰の姿も無かった。さすがに侍女の一人も与えられないはずはないが、皇帝の怒りを買った妃になど付いていられないと、役目を放棄してしまったのかもしれない。

初めて嗅ぐのに懐かしい匂いに導かれるがまま、ロセルは奥へ進む。ささやかな坪庭《つぼにわ》に面した、皇帝の妃が住まうには狭すぎる殺風景な居間のかたすみに絹張りの長椅子がぽつりと置かれている。

そこに座《ざ》す佳人に、ロセルは呼吸も忘れて見入った。

……何て……、何て綺麗な人なんだ……。

富と豊穣をもたらすとされ、テトロディアでことのほか崇拝されている大地の女神が舞い降りたのかと思った。

美しいという表現が陳腐《ちんぷ》に感じられるほど整った顔は、整いすぎていて妖気すら漂わせている。ぼんやりと開かれたまま焦点を結ばない双眸は不思議な光を宿し、亡き母の数少ない遺品である指輪に嵌《は》め込まれた黒蛋白石《ブラックオパール》のようだ。

すっと通った高い鼻に、紅くやわらかそうな唇。生白いと揶揄《やゆ》されるロセルよりもなお白い肌。一つ一つは少しでも力を入れて触れれば溶けて消えてしまいそうなほど繊細な絹糸のようなのに、織り上げられる美貌はなよやかでも弱々しくもない。凛《りん》とした男の顔だ。数多《あまた》の美姫《びき》を抱えるクバードがわざわざ連れ帰ったのも、無理は無い。

腰まで伸びたまっすぐな髪は伝え聞いた通り金色に輝き、坪庭を吹き抜ける風にさらさらと揺れている。生まれて初めて見た、自分と…亡き母と同じ色彩。

吸い寄せられるように近付こうとした時、ひときわ強い風が吹き抜け、長椅子のそばに置かれていた衝立《ついたて》が倒れた。ばたん、と大きな音が上がり、ロセルは思わず跳び上がってしまったのだが、長椅子の佳人は身じろぎ一つ、まばたき一つしない。

――木偶人形。

妃たちの心無い言葉がちくんと胸を刺す。

シュクルが言っていた。災難に遭うと、人は心を閉ざしてしまうことがある。亡き母マリヤムがそうだったと。

『けれどロセル様を授《さず》かったことで、マリヤム様はお心を取り戻されました。私の可愛い子と、よくお腹の中のロセル様に話しかけていらしたのですよ』

きっとこの佳人もマリヤムと同じ悲しみと絶望を味わったのだろう。面影すら記憶に残っていない母に目の前の佳人が重なり、ロセルはそっと手を伸ばす。

「……えっ？」

長椅子に投げ出されていた佳人の手に触れた瞬間、どくん、と心臓が大きく高鳴った。触れ合った部分から煮えたぎる湯よりも熱い何かが流れ込んでくる。視界がぐにゃぐにゃにゆがみ、全身に力が入らなくなる。

「あ、……あっ……」

たまらず倒れ込みそうになったロセルを、誰かが抱きとめてくれた。…誰か？　この部屋にはロセルと、部屋の主である佳人しか居ないのに？

ならば、ロセルを助けてくれたのは。

「……っ！」

恐る恐る顔を上げ、ロセルは息を呑んだ。

ついさっきまで微動だにしなかったはずの佳人が、ほっそりとした見た目を裏切る力強い腕でロセルを支えてくれている。座っていると小柄に見えたが、立ち上がればかなりの長身だとわかる。

黒蛋白石の双眸は大きく見開かれ、ロセルを捉えていた。その奥に宿るのは驚嘆《きょうたん》と、何故だか胸が狂おしくなるような光だ。

「……あぁ……」

紅い唇が紡《つむ》いだ声はかすれていても艶めかしく、感動に震えていた。最近クバードがお気に入りだという歌姫上がりの寵姫も、裸足で逃げ出すに違いない。

「私の子……」

熱い息を吐き、佳人はロセルを抱き上げた。視線を合わされ、間近に迫った美貌にどぎまぎする間も無く頬を擦《す》り寄せられる。

「……可愛い……、私の、子……」

囁く声音は蜜《みつ》より甘いが低く、女性と聞き間違いようは無い。密着させられた身体も、シュクルと違ってやわらかくはない。

けれど包んでくれる腕はどこまでも慈愛に満ち、優しいから。流れ込んでくる何かが、身体をぽかぽかと温めてくれるから。亡き母と同じ金色の髪が帳《とばり》のように視界を囲むから。

「……、……母上様……」

ロセルは力を抜き、見た目よりも逞《たくま》しい胸に顔を埋《うず》めた。


テトロディア帝国は大陸南方に覇《は》を唱《とな》える大国である。元は東西の交易路《こうえきろ》が交わる中継地であったことから勃興《ぼっこう》した小さな砂漠の国だったが、代々の王が周辺諸国を武力と経済力でもって併呑《へいどん》してゆき、とうとう帝国を名乗るまでに膨《ふく》れ上がった。

当代の皇帝クバードは歴代皇帝でも群を抜いて好戦的であり、一年の半分を戦場で過ごしている。卓越した軍事力を持つクバードによって帝国は版図《はんと》をさらに拡大し、大陸の半分は帝国の領土かその属国と化した。

無類の色好みでもあるクバードは征服した国々から好みの美男美女を献上させ、あるいは自《みずか》ら狩りと称しては捕らえて連れ帰るため、柘榴宮と呼ばれる帝都の後宮では百人近い妃が寵を競っている。クバードの命令によって柘榴宮は常時増築されており、これからも妃の数は増え

る一方だろう。

妃たちの産んだ皇子皇女は五十人を超える。第十二皇子のロセルは比較的早い生まれで、生母も王女と高貴な血筋を誇るが、序列は最下位に近い。母マリヤムはすでに亡く、母の祖国ウシャスはクバードによって滅ぼされた。領土は帝国に組み込まれ、民は奴隷《どれい》に落とされてしまったそうだ。

ウシャスははるか遠い昔、生命の女神が人間の男と恋に落ち、二人の間に生まれた子によって建てられた国だと伝わっている。その影響か王侯貴族には強い魔力を持つ者が多く、ウシャスの魔術師部隊といえば最強の精鋭部隊と名高かったそうだが、クバード率いる帝国の圧倒的な兵力には敵《かな》わなかった。マリヤムが身を挺《てい》して助命した家臣の魔術師たちは帝国軍に吸収され、前線で戦わされているという。

後ろ盾《だて》を持たない異色の皇子は空気も同然の存在だった。次期皇帝の座が巡ってくることなど、天地が引っくり返ってもありえない。十五歳の成人と共に柘榴宮から追い出されるまで、母親代わりの侍女シュクルだけを頼りに過ごすはずだった日々に大きな変化がもたらされたのは十山ほど前のことだ。

「いらっしゃい、ロセル。待っていましたよ」

東翼の一画にある部屋に入ると、水盤の前に佇《たたず》む麗人が腕を広げて出迎えてくれた。刺繍《ししゅう》の施《ほどこ》された亜麻《あま》の貫頭衣《かんとうい》にゆったりした脚衣《きゃくい》という質素な装《よそお》いだが、宝玉で飾り立てた妃たちの誰よりも輝かしく美しい。天窓から差し込む光に金色の髪がきらめいている。

「シアリーグ……！」

ロセルは迷わず麗人――シアリーグの腕に飛び込んだ。こんなに綺麗な人に抱きついていいのかな、と迷っていたのは最初の数日だけ。遠慮する方がシアリーグは寂しがると理解した今は少しもためらわない。

「ああ、ロセル……会いたかった。貴方《あなた》は今日も食べてしまいたいくらい可愛いですね……」

ロセルを軽々と抱き上げ、シアリーグは頬や額に口付けを降らせていく。仕上げにちゅっと唇を重ねられ、ロセルももじもじしながら口付けを返した。

少し恥ずかしいが、親兄弟や親しい間柄の者は毎日こうしてあいさつをするのが故郷の風習なのだとシアリーグに言われては断れない。両目が溶けてしまいそうな美貌の迫力には慣れなくても。

「……シ…、シアリーグ……」

僕も、と小さく告げると、シアリーグは愛《いと》しくてたまらないとばかりにロセルを抱き締めてくれた。うっとりと顔を埋めた胸からは、出逢った時と同じ懐かしくも甘い匂いがする。香水でも薫物《たきもの》でもない…ロセルにだけわかる、シアリーグの魔力の匂いだ。

「ここに来る間、誰にも見咎められませんでしたか？」

ロセルを抱いたまま居間の長椅子に移動するなり、シアリーグは尋ねた。ロセルはシアリーグの膝の上でこくこくと頷く。首からぶら下がる、銀の護符を撫でながら。

「大丈夫！　途中でハサンに会ったけど、これをぎゅって握ったら、何にも言わずに行っちゃったもの」

第十三皇子のハサンはロセルのすぐ下の異母弟だが、生まれ月が一月《ひとつき》違うだけなので同い年だ。ハサンの母親は帝国屈指《くっし》の富豪貴族の令嬢で、柘榴宮に入る時には何百枚もの銀貨を連ねた首飾りを全ての妃に贈り、語り草になったという。

母親に溺愛《できあい》されて育ったハサンはたった一月遅く生まれただけで弟になってしまったのが気に入らないのか、ロセルに出くわすたび髪を引っ張ったり、亡き母の悪口をぶつけてきたりするのだ。

誰も助けてくれないからなるべく近付かないようにしていても、ハサンはロセルを目ざとく発見しては意地悪をしてくる。そんなハサンが無言で素通りしていく光景は、ロセルにとっては感動的だった。

「良かった。貴方を守る力も込めてありますから、失くさないよう気を付けて下さいね」

「絶対に失くさないよ。シアリーグからもらったんだもの」

ロセルの部屋は特別に寵愛の深い妃たちの住まう中央の宮殿を挟んだ向こう側、西翼の端っこに位置する。

短くない距離を毎日移動してくるロセルが意地悪な妃や女官たちに見咎められないようにと、

シアリーグは銀細工に紅玉髄《カーネリアン》をあしらったこの護符をこしらえてくれた。シアリーグの魔力が込められており、握るとロセルの姿が周囲の人々から見えなくなるのだそうだ。効果は抜群で、今のところ毎日通ってきていても誰にも見付かったことは無い。

「ロセル……」

可愛い、と声を震わせ、シアリーグは背後からロセルを抱き締めた。長い金色の髪がさらりと肩口からこぼれ落ち、ロセルだけが嗅げる甘い匂いに包まれる。ふにゃりと身体の力が抜けてゆき、背中をシアリーグの胸に預ければ、つむじに口付けが降り注いだ。

ロセルが甘い匂いと温《ぬく》もりを堪能《たんのう》する間、硝子《ガラス》の茶器が宙を漂い、お茶の支度を整えていく。銀製の茶器も、幾何学模様の描かれたタイルを継いだ古風な卓子《たくし》も、初めてこの部屋を訪れた時には無かったものだ。

……まるで、違う部屋みたいだ。

十日前、この部屋にあるのは長椅子と寝台くらいだったのに、今や趣味のいい調度類が揃えられ、格調高いながらも居心地の良い空間を作り上げている。シアリーグの本来の姿に魅了されたクバードが下賜《かし》した…わけではない。シアリーグ自身が揃えたのだ。

柘榴宮ではシアリーグとロセルだけが持つ、魔力を使って。

十日前。

『……まさか祖国から連れ去られてきた先で、魔力を持つ同胞と出逢えるなんて……』

シアリーグと名乗った麗人は話してくれた。シアリーグの故郷、エレウシス王国はある日突然クバード率いる帝国軍に攻め込まれてしまったのだと。

人地の女神を崇《あが》め、偉大なるその力のかけらを与えられたと伝わる王族は、強い魔力の主が多かった。現王の王子として生まれたシアリーグもその一人だ。だがやはり帝国軍の圧倒的な兵力を防ぐことは出来ず、国土は蹂躙《じゅうりん》され、シアリーグ以外の王族は自ら死を選んだという。

…シアリーグの目の前で。

シアリーグも家族に殉《じゅん》じて二十年の短い生を終えようとした時、帝国軍が王宮になだれ込んできた。絶世の美貌に魅せられたクバードはシアリーグを無理やり連れ帰り、新たな妃として柘榴宮に入れたのだ。

そこから先は、ロセルが妃たちの噂話で聞いた通りだった。

心を凍らせてしまったシアリーグにクバードは怒り狂い、ろくな世話役も付けずこの部屋に放り込んだ。そのままなら、己の世話すら放棄したシアリーグは衰弱死を免《まぬが》れなかったはずだ。

だがロセルが忍び込んできたことによって、シアリーグの運命は激変した。シアリーグに触れた時、流れ込んできた熱い何か。あれはシアリーグの魔力だったのだという。

『魔力を持つ者同士が触れ合うと、ごくまれに、互いの魔力が流れ込んでくることがあるのです。魔力の波紋は個人差が大きく、親兄弟など強い血のつながりのある者でも起きる確率は非常に低いのですが…』

ロセルとシアリーグに血縁関係など存在しない。にもかかわらず魔力が流れ込んできたのは神々の影響ではないかと、ロセルから亡き母について聞き出したシアリーグは推察した。

亡き母の祖国、ウシャスの王族は生命の女神の末裔《まつえい》と伝わる。一方、シアリーグの祖国エレウシスの王族は大地の女神から力を授かった一族だ。

大陸に伝わる神話によれば、生命の女神は大地の女神の娘だという。ロセルに流れる生命の女神の血が、シアリーグに流れる大地の女神の魔力に呼びかけたのではないか。

『魔力は魔術師の血、魂そのもの。血と魂が共鳴するということは、私と貴方はこの世の誰よりも近しい存在だということです』

そう説明をしめくくったシアリーグは、幼いロセルが難しい話を理解しきれていないことに気付き、頭を撫でてくれた。

『私と貴方は、本当の母子《おやこ》のようなものだということですよ』

だから心を取り戻した時、シアリーグはロセルを私の子と呼んだのだ。ロセルが男性のシアリーグに母上様と呼びかけてしまったのも、生命の女神の血に影響されたのかもしれない。それともシアリーグの境遇が亡き母にそっくりで、同じ金色の髪の主だからなのか。

ロセルとしてはどちらでも良かった。シアリーグが優しく微笑《ほほえ》み、ロセルを可愛がってくれるのなら。

それからシアリーグは魔力を振るい、生活の基盤を整えていった。虚空《こくう》から引き出した家具や食器などを並べ、狭いながらも王族に相応《ふさわ》しい空間を作り上げると、魔力を持たぬ者からは元の殺風景な部屋にしか見えなくなる結界を張った。

家具などは空間魔術で収納しておいたもので、結界も初歩の魔術だとシアリーグは謙遜《けんそん》したけれど、ロセルは感動せずにはいられなかった。まさかこの目で魔術を拝《おが》めるなんて思わなかったのだ。

ロセルには魔術の教師はおろか、学問や武術の師すら与えられなかった。シュクルのおかげで最低限の読み書きは覚えたが、亡き母が遺《のこ》してくれた魔術の書物は難解で、とても読めそうにない。

ウシャスから連れて来られた魔術師部隊の生き残りは常に戦場へ駆り出され、柘榴宮で暮らすロセルと関わることは無い。たぐいまれな魔力に恵まれながら、それを活用するための機会は皆無だったのだ。

『……たぶん皇帝は、貴方の魔力を目覚めさせないようにしたのでしょう』

ロヤルの話を聞き、シアリーグは柳眉《りゅうび》をひそめた。

『魔力は魂という硬い殻《から》に包まれた実のようなもの。殻を破り、使いこなせるようになるには導き手が必要なのです』

導き手は外部から魂に働きかけ、魔力が身体の外に出て行くための道筋を作ってやる。そうして初めて、魔術という形で魔力を活用出来るようになるのだ。

どんなに強い魔力を持って生まれても、導き手が居なくては宝の持ち腐《ぐさ》れ。それこそがクバードの狙いに違いないと、シアリーグは怒りをあらわにした。

『魔力を持たない自分の息子が強い魔力を持って生まれたばかりか、優《すぐ》れた魔術師になられては、自尊心が許さないでしょうから』

『…僕、魔術師にはなれないの？』

『いいえ、ロセル。貴方は立派な魔術師になります。私がしてみせます』

普通、導き手は親兄弟や親族が務めるそうだ。血のつながりのある者同士の方がより多くの素質を目覚めさせられるからだという。血縁者の居ない者は魔術の師匠に頼むそうだが、覚醒する素質は血族の場合より格段に減ってしまうらしい。

『けれど私と貴方は血を超えた縁《えにし》で結ばれた存在。貴方が大陸一の…いいえ、世界一の魔術師になれるよう、私が導きましょう』

それから毎日、ロセルはシアリーグの部屋に通っている。

ろくに自室から出ない主人が突然活発に動き始めたのだ。仮にも父の妃のもとへ通い詰めていると知られたら、外出を禁じられてしまうかもしれなかったが、侍女のシュクルはロセルを怪しむそぶりすら見せない。

ロセルが通いやすいようにと、シアリーグが授けてくれた小さな人形のおかげだ。てのひらに乗る大きさのそれは、ロセルの不在中はロセルそっくりの姿になり、簡単な受け答えも出来るという優れものである。今日も部屋のすみで絵本を読んだり、昼寝をしたりしているはずだ。

「たくさん歩いて喉が渇いたでしょう。さあ、どうぞ」

シアリーグの言葉と共に、宙をふよふよと漂っていた銀の茶碗がロセルの手に収まった。いつの間にか卓子にところ狭しと並べられた銀皿には、蜜漬けにした胡桃《くるみ》の焼き菓子や砂糖をまぶした揚げ麺麭《パン》、木の実をたっぷり入れたやわらかい飴《あめ》菓子など、美味《おい》しそうなものばかりが載せられている。

「わあ…っ！　これ、僕が食べていいの？」

「もちろんですよ。貴方のために作ったのですから」

シアリーグはしなやかな指で胡桃の焼き菓子をつまむと、口元まで運んでくれた。小さく切られたそれに食いつけば、強い甘味と胡桃の香ばしさが口いっぱいに広がった。

「美味しい！」

もぐもぐと咀嚼《そしゃく》しながら、ロセルはシアリーグを振り返った。宝玉よりも美しい双眸が細められ、口の端についた菓子のかけらを指先で取り去られる。

「ロセルったら。喉に詰まらないよう、慌てずゆっくり食べなければいけませんよ」

「ご…、ごめんなさい。でも、こんなに甘くて美味しいお菓子、初めて食べたから……」

ロセルの部屋には日に三度、厨房から食事が運ばれるが、菓子のたぐいが届くことはめったに無い。今まで食べたことのある甘いものといえば、シュクルがわざわざ街で買ってきてくれた蜂蜜《はちみつ》の飴くらいだ。

『母君様さえ生きておいでなら、他の皇子様がたのように毎日美味しいものを召し上がれたでしょうに…。シュクルが不甲斐《ふがい》無いばかりに、申し訳ありません…』

貴重な甘味を喜ぶロセルに、シュクルは涙を流していた。柘榴宮はクバードがもたらす富で潤《うるお》っているが、恩恵《おんけい》にあずかれるのはクバードの寵愛篤《あつ》い妃とその子どもたちだけだ。高価な砂糖を使った菓子が母を亡くしたロセルのもとに届けられることは無い。

「ごめんなさい、ロセル……」

女神のような美貌が悲しみにゆがんだ。黒蛋白石の双眸から涙がこぼれ落ち、ロセルは泡を喰う。

「シ、シアリーグ？　どうしたの？」

「私がもっと早く貴方を見付けられていたら、そのようなひどい仕打ちなど決して許さなかったのに。ごめんなさい、ごめんなさい……」

とめどなく溢れる清らかな涙に胸がぎゅっと締め付けられる。ロセルは茶碗を卓子に置き、膝の上で身体の向きを変えると、シアリーグを抱き締めた。

「泣かないで、シアリーグ」

「ロセル…、でも……」

「僕、ずっと寂しかったけど、つらくなんかなかったよ」

強がりではない。クバードの黒髪を受け継いだハサンには『母無しの色無し皇子』とさんざん馬鹿にされたし、母妃に与えられたという玩具《がんぐ》や菓子を見せびらかされたが、悔しいとは思わなかった。

あったのはどうしようもない寂しさだけだ。

いくら優しくしてくれても、シュクルはロセルの親ではない。他のきょうだいたちには当たり前に居る母親が、どうして自分には居ないのか。シュクルに亡き母マリヤムの思い出話をねだるたび、小さな胸はちくちくと痛んだ。

「でもシアリーグに会った日から、痛くなくなったんだよ」

それにシアリーグともっと早く出会うということは、シアリーグと故郷、そして家族との別れが早まるということだ。悲劇的な別れは避けられないとしても、シアリーグにはなるべく長く家族と共に過ごしていて欲しいと思う。

「ああ、ロセル……」

シアリーグが濡れた頬を擦り寄せてきた。

「貴方は何て優しい子なのでしょう。これからはずっと私が一緒です。決して、寂しい思いも惨《みじ》めな思いもさせませんからね」

「……うん、シアリーグ」

ありがとう、と耳元で告げれば、頭から背中を優しく撫でてくれた。ひとしきり互いの温もりを堪能してから、一緒に菓子を味わう。

「いっぱい食べて下さいね。魔術を使うと魔力だけでなく体力も消費するので、とてもお腹が空《す》きますから」

「え？　……もしかして、魔術を？」

期待に胸が弾《はず》んだ。この十日間ずっとシアリーグの訓練を受けてきたが、まずは己の魔力を知覚することが大切だと言われ、魔術は使わせてもらえなかったのである。

ロセルとしては、自分の中にある魔力を…母から譲り受けた力を感じ取れただけでも嬉しかった。けれどシアリーグが魔術で自在に環境を整えていくのを見るにつけ、自分も早く魔術を使ってみたいと願っていたのだ。

「ええ。今日は実際に魔術を使ってみましょう」

「やったあ！」

ロセルは思わず小さな拳《こぶし》を握り締める。

くすりと笑い、シアリーグは食べやすくちぎった揚げ麺麭をロセルの口に入れてくれた。麺麭は帝国の主食だが、食事に供《きょう》されるのは平焼きの硬いもので、やわらかい揚げ麺麭を食べるのは初めてだ。まぶされた砂糖に香辛料も混ざっているのか、香ばしい甘さに食欲をそそられ、差し出されるがままどんどん食べてしまう。

「気に入ってもらえて良かった。それは私の故郷のお菓子なのです」

「エレウシスの？」

「幼い頃、母に作ってもらった思い出の味です。……今はもう私以外、作る者も居なくなりましたが」

寂しそうな声音に胸が痛くなる。エレウシスの王族——シアリーグの家族を死に追いやったのは、ロセルの父クバードなのだ。

シアリーグがクバードを憎まないわけがない。もしもその憎しみが、クバードの子であるロセルにも向けられたら…。

「……ロセル？　どうしました？」

気遣わしげに覗き込まれ、ロセルははっとして首を振った。

「な、何でもない。次はどれを食べてみようかなあって、迷ってたの」

「…では、こちらはどうですか？」

白く長い指が飴菓子を口に運んでくれる。干した果実と木の実にやわらかい飴生地がねっとりと絡み合い、ほっぺたが落ちそうなくらい美味しいけれど、心に生まれた不安を拭《ぬぐ》い去ってはくれない。

……どうしよう、どうしよう。

ロセルを抱き締め、菓子を食べさせてくれるこの優しい手に突き放されたら、ロセルの心は粉々に壊れてしまうに違いない。想像するだけでも恐ろしくなり、身体がぶるぶるとひとりでに震え出す。止めようと思っても止められない。

「ロセル……私の可愛い子」

極上の楽の音より甘い声が悲しみを帯びた。そっとつむじに触れたのは、シアリーグのやわらかな唇だ。

「何が貴方をそんなに苦しめているのですか？」

「……シアリーグ、…僕、……僕は……」

「教えて下さい。貴方が苦しいと、私も苦しくてたまらなくなるのです」

打ち明けて嫌われてしまったらどうしよう、という迷いは、重ねられた手の震えに気付いた瞬間消え去った。何度も口を開いては閉じるロセルを、シアリーグは辛抱強く待っていてくれる。

「……僕は、父上の子だから。シアリーグに嫌われたら、どうしようって……」

「ロセル、……ああ、ロセル！」

シアリーグはひしとロセルをかき抱《いだ》いた。

「そんなことで…いえ、何があろうと、私が貴方を嫌うわけがありません。貴方は私の唯一の子であり、光なのですから」

「でも……」

優しくされればされるほど、身体に流れるクバードの血が疎《うと》ましくてたまらなくなる。暗く沈んでいく心をなだめるように、シアリーグはロセルの小さな背中をさすった。

「貴方は皇帝の子ではありませんよ」

「……えっ？」

「親というのは、子に無償の愛を注《そそ》ぎ慈《いつく》しむ者のことですから。皇帝は貴方を愛してくれましたか？」

無償の愛情ってなあにと尋ねたら、ロセルが何も出来なくてもただひたすら愛し、守ることだと教えられた。

ロセルは迷わず首を振る。クバードに優しくされたことはおろか、まともに話しかけられた記憶すら無い。あの男が構うのは寵愛深い妃の子だけだ。それも寵愛が他の妃に移れば、我が子に対する関心も失ってしまう。可愛がられていたのに突然無視されるようになり、泣いているきょうだいをロセルは何度も見てきた。

「では皇帝は貴方の親ではありません。ただ血がつながっているだけの他人、虫けらも同然の存在です」

「虫けら……」

もしもクバードが聞いていたら怒り狂い、厳しい罰を与えただろう。機嫌の悪い時なら処刑させたかもしれない。誇り高いクバードは侮辱《ぶじょく》されることを何よりも嫌うから。

だが甘い匂いが満ちるこの部屋に居るのはロセルとシアリーグだけだ。魔力を持つロセルだけが嗅ぎ取れる、シアリーグの魔力の甘い匂い。

「私は何があろうと貴方を愛し、守ってみせます。だから貴方の親は私だけで、貴方だけが私の子なのです」

「……」

本当にそうだったら、どんなにいいだろう。うつむいて震えるロセルの首筋に、シアリーグはふわりと口付けを落とす。

「今はまだ、わからなくても構いません。…ただ、私が貴方を愛していることだけは信じて下さい」

「……、……うん」

小さく首を上下させると、今度は頬に口付けられた。やわらかい感触に思わずほころんだ唇にも口付けられ、重く沈んでいた心は浮上していく。

……シアリーグにちゅってしてもらえるのは、僕だけ。

クバードは口付けられることはおろか、触れられたことも無く、シアリーグの名前すら知らないのだ。シアリーグは結界の張られたこの部屋から出ず、召使いの前では心を失ったままのふりをしているそうなので、ロセル以外との交流はほぼ無い。そんなシアリーグは妃たちから柘榴宮の片隅で朽《く》ちてゆく妃、『朽ち木の妃』と呼ばれている。

初めて聞いた時は激しい怒りを覚えたが、シアリーグの名を呼べるのは自分だけなのだと思うと不思議な喜びも感じてしまった。そしてそんな自分に、ひどく驚いたものだ。

「――では、そろそろ魔術の実践を始めましょうか」

菓子の皿がほとんど空《から》になると、シアリーグが切り出した。いよいよ魔術を…亡き母と同じ力を使えるのだ。ロセルの心臓はどきどきと高鳴る。

「ロセル、貴方の身体には豊富な魔力が眠っています。くり返しますが、魔力は生まれ持ったものが全て。生まれた後に増えることも、魔力を持たずに生まれてきた者が後に魔力を得ることも、決してありません」

つまり魔力は血によって受け継がれる。

だから魔術師は基本的に魔術師としか結ばれないのだと、この十日間で教わっていた。両親共に魔術師なら生まれる子は確実に魔力を持つが、どちらかが魔力を持たない場合、子も魔力を持たないか、ごくわずかな魔力しか持たずに生まれることがほとんどだとも。ロセルのように亡き母の魔力をそっくりそのまま受け継ぐことは、めったに起きない奇跡なのだ。

「貴方の魔力は神の祝福です。しかし強すぎる魔力は、貴方の小さな身体にとっては毒でもある。負担がかからないよう、成長するまでは少しずつ慎重に使わなければなりません」

「……はい」

強力な魔術を無理やり発動させようとした幼い魔術師の心臓が弾けてしまったり、全身がずたぼろになってしまったりという恐ろしい事例をいくつも聞かされているので、ロセルは神妙に頷いた。そうした事態を防ぐためにも、導き手の存在は不可欠なのだろう。

「ですが、必要以上に怖れることもありません。ロセルには私が付いています。私の言う通りにすれば、貴方は必ずやその魔力を開花させられるでしょう」

「シアリーグ……」

耳元で優しく囁かれ、ばくばくとうるさいくらいに脈打っていた心臓は少しずつ静まっていった。全身から緊張が抜けたのを見計らったように、シアリーグは卓子の上の銀匙《ぎんさじ》を指差す。

「手を使わずに、あれを動かしてみて下さい」

「え、…どうやって…?」

戸惑うロセルの手を、シアリーグのそれが包み込んだ。流れ込んでくる温かな魔力が思い出させてくれる。シアリーグがその魔力で、茶器を軽々と動かしていた光景を。

……まるで、見えない手を使っているみたいだった。

精神を集中し、不可視《ふかし》の手を思い描く。そしてその手がゆっくりと伸ばされ、銀匙を持ち上げるところを想像すると、自分の中にある分厚い殻にひびが入るような感覚に襲われる。

魔力は魂という硬い殻に包まれた実のようなもの、とシアリーグは言っていた。ではひびから染み出てくるのがロセルの魔力なのか。

どくりと心臓が大きく脈打った瞬間、銀匙はふわりと宙に浮かんだ。

「あっ……！」

思わず声を上げたとたん卓子に落ちてしまったが、自分は今、確かに魔術を使ったのだ。シアリーグが感動に打ち震えるロセルの手をぎゅっと握り締めてくれる。

「シ、シアリーグ！　僕、僕、魔術を使った！」

「ええ、見ていましたよ。見事に殻を破りましたね、ロセル」

シアリーグの微笑みはいつも以上に優しく、喜びに満ちており、ロセルは誇らしさでいっぱいになる。この美しい人をこんなふうに笑わせることが出来るのは、きっと自分だけなのだ。

「シアリーグのおかげだよ。ありがとう……！」

「いいえ、ロセル。お礼を言うのは私の方です」

「え……？」

シアリーグは戸惑うロセルを向かい合う体勢で膝に乗せ、丸い頬に両手をそっと添える。黒蛋白石の双眸は感傷に染まり、何かを思い出すかのように揺れていた。

「我が子の導き手となるのは、魔術師として生まれた者にとって無上の幸福。私には決して経験出来なかったはずの喜びを、貴方が味わわせてくれたのですから」

「…っ…、シアリーグ…」

「私を見付けてくれてありがとう、ロセル……私の可愛い子……」

つむじ、額、鼻の頭、頬、唇。愛おしそうに口付け、シアリーグはロセルを抱き締めた。甘い匂いと温もりに包まれ、こぼれそうになった涙をロセルはぐっと堪《こら》える。もしも母マリヤムが生きていたら、同じように喜んでくれたのだろうか。

……魔術師に、なりたい。シアリーグが自慢出来るくらい、立派な魔術師に。

流され続けてきた不遇の皇子の人生に、初めて目標が生まれる。

広い胸に顔を埋めるロセルには、見えなかった。

シアリーグの唇が、我が意を得たりとばかりに吊り上がっていたことに。

もっと魔術を使ってみたかったが、シアリーグは頑《がん》として許してくれなかった。

『殻を破った貴方の身体には、少しずつ魔力が巡り始めています。魔力の少ない者なら数日で完全に馴染みますが、貴方の魔力量は並の魔術師の十倍以上。身体に馴染むまでには相当の時間がかかるでしょう』

シアリーグは一月ほどで馴染んだそうなので、同じ金色の髪のロセルもきっとそのくらいかかるのだろう。己の力であっても、身体にとって強い魔力は毒なのだ。少しずつ馴染ませていかなければ身体は弱ってゆき、死に至ることもあるという。

『…私の知る国では強い魔力を持つ子どもの殻を無理やり破り、魔術兵として戦場に連れ出しましたが、強力な攻撃魔術を使わされた子どもたちは次々と死んでしまいました』

悲しそうに説明され、軽はずみに魔術を使わないとロセルは誓った。立派な魔術師になる前に死ぬのも、シアリーグを泣かせるのも絶対にごめんだ。

陽が傾き始めた頃、ロセルは『また明日、絶対に来るから』と約束し、シアリーグの部屋を出た。

もっと一緒に居たかったけれど、あと一刻もすればクバードが柘榴宮を訪れる。今宵こそ皇帝の目にとまろうと必死になる妃たちの群れに巻き込まれる前に、自分の部屋にたどり着いておかなければならなかった。

……すごい。もうお腹が空《す》き始めてる。

行きと同様、こそこそと物陰を移動しながら、ロセルはくうっと小さな音をたてる腹を押さえた。魔術を使ってからもたくさん菓子を食べさせてもらったのに、ほとんど消化されてしまったようだ。食の細いロセルには初めての経験である。

魔術を使うととてもお腹が空く、とシアリーグが言っていたのは本当だったのだ。疑っていたわけではないが、まさかこれほどとは思わなかった。シアリーグもこうなると予想した上で、大量の菓子を用意しておいてくれたのだろう。

……これなら、シュクルを心配させずに済むな。

シュクルはあまり食が進まないロセルをいつも案じている。菓子の食べ過ぎで夕餉《ゆうげ》を残してしまったら、ますます心配させるところだった。

夕餉の献立《こんだて》を予想しながら東翼を抜け、中央の宮殿に差しかかった時、遠くから熱に浮かされたようなざわめきが聞こえてきた。中央の宮殿には皇帝が住まう宮殿――紅炎宮《こうえんきゅう》とつながる唯一の扉があり、皇帝は必ずその扉を通って現れる。

嫌な予感を覚え、ロセルは足音を忍ばせて玄関広間に近付いた。玄関広間は皇帝の偉業を称《たた》える絵画や彫像で飾り立てられており、ひときわ高い半円状の天井は西方からもたらされた着色硝子が嵌め込まれ、精緻《せいち》な花の模様を描き出す。

柘榴宮で最も絢爛《けんらん》な空間には美々《びび》しく装った妃たちがひしめき、きゃあきゃあと歓声を上げていた。

近衛兵《このえへい》たちを従え、その中心で肩をそびやかすのは、巌《いわお》のごとく堂々たる体軀《たいく》を豪奢《ごうしゃ》な緋色《ひいろ》の衣装に包んだ男…皇帝クバードである。今日はいつもより早く政務を切り上げたらしい。

全身を彩《いろど》る装飾品は耳飾りから長い黒髪の先端につけられた下げ飾りにいたるまで黄金細工だ。アトロディアで黄金はほとんど採掘《さいくつ》されないため、同じ重さの銀の百倍以上の値がつけられるという。黄金細工で全身を飾れるのは、征服した国々から黄金を献上させている皇帝くらいだろう。

「……っ……」

ロセルは近くの柱に隠れ、シアリーグの護符を握り締めた。

小さな身体がぶるぶると勝手に震え出す。クバードの姿を見かけると、いつも獅子《しし》に狩られる子ウサギのような気持ちになってしまうのだ。クバードの方はロセルなど視界にも入っておらず、存在を覚えられているかどうかも怪しいのだが。

「お早いお出まし、嬉しゅうございます、陛下」

「暮れゆく太陽が戻ってきてくれたような心地ですわ。もっとも英雄帝であられる陛下の方が、太陽よりもまぶしく輝いておいでですけれど」

「おかげでわたくしたちは、陽の沈まない宮殿で暮らせるのですわ」

媚《こ》びた笑みを浮かべた妃たちが次々とクバードに纏《まと》わり付く。賛美《さんび》されることを何より好むクバードは心地よさそうに妃たちのさえずりを聞いていたが、青金石《ラピスラズリ》の首飾りをつけた妃に笑みを向けた。陽の沈まない宮殿、と言った妃だ。

「陽の沈まない宮殿とは良き言葉よな。気に入った、今宵《こよい》の伽はそなたに命ずる」

「まあ…っ…！　身に余る光栄にございます！」

どよめきの中、青金石の妃は祈るように手を組み合わせながらひざまずいた。小柄な身体に嫉妬と羨望《せんぼう》の眼差しが突き刺さる。

「そんな、陛下……！　今宵もわたくしを召すと、約束して下さったではありませぬか！」

悲痛な声で抗議したのは、豊満な肉体の美女だった。このところクバードの寵愛を受けていた、歌姫上がりの妃だ。皇子か皇女を産み、お部屋様と呼ばれる身分になるのも遠くないだろうと妃たちが噂していた。

「約束だと？」

クバードの顔から笑みが消え去った。玄関広間は水を打ったように静まり返り、ロセルの心臓もどくどくと早鐘《はやがね》を打ち始める。

「そなたはいつから、皇帝たる余《よ》と約束を交わせる立場になったのだ。皇后にでもなったつもりか？」

「そのような気は、決して…！　どうか、どうかお許しを……！」

歌姫の妃は色を失い、がばりとひざまずいた床に額をこすり付けた。

哀れな妃に助け船を出そうとする者は居ない。誰もが巻き添えになるのを怖れ、顔を背《そむ》けている。この柘榴宮において、クバードこそが生ける法なのだ。

「……そなた、余が何者かわかっておるのだろうな？」

「へ…、陛下は偉大なるテトロディアの太陽。いずれあまねく世界を照らし、統《す》べられるお方であられます…！」

必死の賛美に、険《けわ》しかったクバードの目元が少しだけ緩《ゆる》む。だが次の瞬間、和《やわ》らぎかけた空気は凍り付いた。

「承知していながら、約束などとほざいたのは不届き千万《せんばん》。――罰を与えてからつまみ出せ」

「ひぃっ……！」

這いずって逃げようとした妃を近衛兵たちが取り押さえる。

そのまま床に伏せさせると、豊満な肉体を包む薄絹を剝いだ。さらけ出された白い背中に、近衛兵の一人が鞭《むち》を振り下ろす。

「ぎゃあああ――っ！」

悲鳴と柔肉《やわにく》を引き裂く嫌な音が高い天井にこだまする。

鞭打ちは十回ほどで終わり、ぴくりとも動かなくなった血まみれの妃は下働きたちによって運び出されていった。昨日までの寵姫が突然その座から地獄へ叩き落とされる。柘榴宮では珍しくもない光景だが、きっと見慣れることは無い。

……シアリーグも、あんな目に遭わされるかもしれなかったんだ。

呆然と立ち尽くしたまま、ロセルは全身を震わせる。

クバードの怒りを買い、狭い部屋に押し込められる程度で済んだのは幸運だった。たとえ寵愛を得たとしても、男のシアリーグは子を産めない。容色が衰《おとろ》えれば、他の男の妃たちのように放逐《ほうちく》されてしまうだろう。いや、その前に他の妃たちに蹴落《けお》とされるか。

そう考えたら、クバードの記憶にも残らず宮殿の片隅でひっそり暮らす今の境遇は、家族の仇《かたき》からの寵愛など望まないシアリーグにとっては最良なのかもしれない。…でもいつか、あそこから連れ出してあげたい。ロセルのこの手で。

「部屋に案内せよ」

何事も無かったかのように、クバードが青金石の妃に命じる。震えていた妃ははっと起き上がり、ほっそりとした腰をクバードに抱かれた。

「陛下、太陽を独り占めだなんてずるいですわ。どうかわたくしたちも可愛がって下さいませ」

「そうですわ。太陽はわたくしたち皆を照らして下さらなければなりませんのに」

肝《きも》の据《す》わった数人の妃たちがすかさずクバードに追い縋《すが》る。クバードは豪快に笑い、もう一方の手で妃たちの胸や尻をいやらしく揉《も》んだ。胸元を飾る黄金と翠玉《エメラルド》の首飾りがじゃらじゃらと音をたてて揺れる。

「はははははは！　可愛い奴らめ。良いぞ、付いて参れ。皆纏めて可愛がってやろうぞ」

きゃああっ、と歓喜の声を上げ、妃たちはクバードにしなだれかかった。時には自ら馬を駆って戦うクバードの強靭《きょうじん》な肉体はびくともせず、妃たちを纏わり付かせたまま今宵の寝所《しんじょ》へ渡っていく。

出遅れた妃たちが我も我もと追いかけると、玄関広間は静けさを取り戻した。

ついさっきくり広げられた惨劇《さんげき》の名残《なごり》は、床の赤いしみとかすかな血の匂いくらいだ。それも召使いたちがすぐに洗い清め、明日の朝にはロセル以外の誰もが哀れな妃の存在など忘れ去ってしまうだろう。

くずおれそうになる脚を励《はげ》まし、ロセルはどうにか自分にあてがわれた部屋にたどり着いた。

幸い、シュクルの姿は無い。厨房まで夕餉をもらいに行ったのだろう。シアリーグにもらった人形と入れ替わり、そ知らぬ顔で待っていると、ほどなくして夕餉の盆を持ったシュクルが戻ってくる。

「お待たせしました、ロセル様。遅くなってしまい申し訳ありません」

古びた卓子に手早く夕餉が並べられていく。黒髪のシュクルは純粋な帝国人で、城下町の商家の出身だそうだ。行儀見習いのため侍女として柘榴宮に上がり、縁談が持ち上がったので実家に戻ろうとしたら、両親が不慮の事故で亡くなってしまった。その後実家は叔父夫婦に乗っ取られ、縁談も立ち消えになったため、行き場を失くしたシュクルは柘榴宮に残ることにしたのだという。

それから二十年以上もの間働き続けた後、ロセルの母マリヤムの専属侍女を命じられた。マリヤムが亡くなった後は元の持ち場に戻っても良かったのだが、シュクルはロセルを見捨てず、ずっと傍《そば》に仕《つか》えてくれている。

「ありがとう、シュクル。お腹空いちゃった」

夕餉は野菜と香辛料で味付けした魚を挟んだ硬い麺麭、豆の汁物、牛肉の煮込みだった。皇子の夕餉にしてはささやかすぎる、量だけはたっぷりあるそれらを、ロセルはぺろりと平らげてしまう。

「まあ、珍しい。ロセル様が残さずに召し上がるなんて。今日もずっとお部屋にこもっていらっしゃったのに」

食後の茉莉花茶《まつりかちゃ》を淹《い》れてくれるシュクルは、驚きつつも嬉しそうだ。シアリーグの人形は立派に身代わりを務めていたらしい。罪悪感にちくんと胸を痛めながら、ロセルは茉莉花茶を味わう。

「…大きくなるにはいっぱい食べなきゃいけないって、母上様のご本に書いてあったから」

「そうですとも、そうですとも。ロセル様はあのお美しく聡明《そうめい》であられたマリヤム様の御子《おこ》なのです。いっぱい召し上がれば、きっとマリヤム様のようになられますわ」

目尻にしわを寄せて微笑むシュクルは、自分からは決してクバードの話をしない。ロセルが実父であるクバードを怖れていると察しているのだろう。

……父上様は、怖い。

今日もただぶるぶると震え、遠くからじっと見ているしか出来なかった。ろくに言葉を交わした記憶も無いが、万が一話しかけられたりしたら卒倒《そっとう》してしまうかもしれない。

今までなら、それでも良かったのだけれど——。

「…ねえ、シュクル。さっきちょっと外に出たら、見ちゃったんだ。父上様が、お妃様を鞭で打たせているところを…」

「何ですって⁉　お外に出られる時は必ずシュクルを呼んで下さいと、あれほどお願いしたではありませんか…！」

血相《けっそう》を変えたシュクルはロセルの小さな身体を調べて回り、どこにも怪我が無いとわかると胸を撫で下ろした。気まぐれに寵愛してはいたぶるクバードの残酷な気性を知り尽くしているのだ。

「ごめんなさい。シュクルの帰りが遅いから、心配になって…」

「ロセル様の優しいお気持ちは嬉しいですが、お外はとても危険なのです。もう少し大きくなられるまでは、お一人では出ないと約束して下さいね」

「うん。約束する」

こくこくと頷けば、シュクルは険しかった表情をすぐに緩めてくれた。厳しい時もあるが、年かさの侍女は孫くらいの歳のロセルには基本的に甘い。

「それでね、シュクル。お妃様はお外へ連れて行かれちゃったんだけど、父上様に追い出される以外にも、お妃様がお外に出されることはあるの？」

「ええ、ありますよ。お歳を召されたり、ご病気やお怪我でお役目を果たせなくなったお妃様は離宮かご実家へ移られます。あとはご家来に下賜されることもございますね」

「下賜…って？」

「政《まつりごと》や戦場で活躍された方に、ご褒美《ほうび》としてお妃様を贈るということです。皇帝陛下のお妃様を賜るのは、ご家来がたにとってはこの上無い名誉ですから」

その言葉に、ロセルは一筋の希望の光を見出《みいだ》した。

異母兄たちにはすでに成人を迎えた者も居り、臣下に降《くだ》ってクバードに仕えている者も居るという。ロセルもいずれ臣下となって活躍すれば、クバードの妃を…シアリーグを下賜してもらえるかもしれない。

あのクバードに認めさせるほどの功績を立てるのは難しいだろう。けれどロセルには魔術がある。テトロディアでは異端とされる…だがロセル以外の誰も持たない武器が。

ロセルの胸に希望の炎が燃え上がる。

……頑張ろう。いっしょうけんめい頑張って、立派な魔術師になろう。

そうすればシアリーグを喜ばせ、さらに自由の身にしてあげられるのだから。


ロセルと一緒に座っていた長椅子で。

「うふ……、ふふ、…ふふ、…ふっ…」

恍惚《こうこつ》の笑みを浮かべながら、シアリーグはロセルが初めて魔術で動かした銀匙に頬を擦り寄せていた。

しどけなく長椅子に預けられた四肢も、甘くとろける美貌も確かに男のそれなのに、傾国《けいこく》めいた色香を全身からしたたらせている。美男美女を喰い飽きたクバードすら、一目で魅了するほどの。もっともなまめかしい眼差し一つ、あの色呆け男にくれてやる気は無いけれど。

「ロセル…、可愛いロセル……」

名をつむぐたび、胸の奥から熱いものがとめどなく溢れ出る。

明日が待ち遠しくてたまらない。叶うものなら、稜線《りょうせん》の彼方《かなた》に沈んでしまった太陽をこの手で引きずり出してやりたい。一刻も早くロセルをこの腕に抱くために。そんな気持ちになるのは、長い人生でも初めてのことだ。

――家族と別れ別れになったあの日から、何のために生まれてきたのだろうと、失われた心のどこかで自問し続けていた。その答えをくれたのは、十日前に迷い込んできたロセルだ。

小さな手に触れられた瞬間、二度と戻らぬはずの心は息を吹き返した。流れ込んできた魔力の何とかぐわしくも懐かしいことか。

倒れそうになったロセルを抱き締め、母上様と呼ばれた時に確信した。この子に出逢うため、自分は生まれてきたのだと。

「まさか故郷より遠く離れた異国の地で、あの子を見付けるなんて……」

ロセルにも己の中にも流れる神の血の存在を、嫌でも自覚せずにはいられない。髪が金色に染まるほど強い魔力を持って生まれたシアリーグたちだから、神の血もその分色濃く受け継ぎ、惹かれ合ったのだろうか。あるいは全て神のたなごころの上だった？

…どちらでもいい。シアリーグはロセルと巡り会い、二度と離れることは無い。大切なのはそれだけだ。

エレウシスは大地の女神の力のかけらと、その秘儀《ひぎ》を受け継ぐ魔術王国だった。王子として生まれたシアリーグの周囲は、家族をはじめ優秀な魔術師が揃っていた。ことに父である国王は歴代の王の中でも随一の賢者《けんじゃ》と名高かった。

そんなシアリーグの目から見ても、ロセルは末恐ろしい才能の主だ。今はまだひよこだが、殻を破り、成長した後は鷹《たか》にも鷲《わし》にも…シアリーグが導くのだから、不死鳥《ふしちょう》にもなれるだろう。戦場を駆け回るばかりのクバードなど及びもつかぬ傑物《けつぶつ》になるのは間違いない。

……いつか、あの色呆け男は殺す。

汚い手でシアリーグに触れようとしただけでも許しがたいのに、クバードはロセルを死なせるところだったのだ。

魔力を持って生まれても、導き手が居なければ魔術を使えるようにはならない。それはロセルにも教えた通りだ。

だが、ロセルには敢えて伏せておいたことがある。…強大な魔力に恵まれた者は、遅くとも十歳を迎えるまでに殻を破らなければ命を失う。魂が強すぎる魔力に耐え切れなくなり、砕け散ってしまうのだ。そうなれば魂と密接につながった肉体は滅びるしかない。

魔力の耳で情報を集めた限り、テトロディア帝国は建国以来、魔術とは無縁の国だ。帝国軍には魔術師部隊も存在するが、所属する魔術師たちは皆、帝国によって滅ぼされた国々の生き残り。帝国人ではない。いざ戦となれば最前線で戦わされる彼らは、使い捨ての道具も同然の扱いを受けているらしい。数え切れないほどの魔術師たちが戦場で命を散らした。

魔術師は本来、歩兵部隊に厳重に守られながら戦ってこそ真価を発揮する。それを最前線に立たせるなんて愚《ぐ》の骨頂《こっちょう》としか言いようが無い。

けれどシアリーグには、クバードがその程度のことを理解していないとは思えなかった。日々帝国の版図を広げ続けている男だ。魔術師部隊の有用性にも、最適な用兵にも気付いているはずである。

その上で魔術師たちを守らず、使い潰す理由がシアリーグにはわかる。クバードは絶対に認めないだろうが、きっと。

「……嫉妬、でしょうね」

自分が持たないものを持つ者を異様なまでに忌《い》み嫌う。集めた情報から読み取れたクバードは、そういう男だった。後天的に得ることが不可能な魔力は、クバードが持たない最たるものだ。帝国とは友好関係を結んでいたはずのウシャスやエレウシスが標的にされたのは、魔術王国と名高かったせいだろう。

だから王族は皆殺しにされた。魔術師部隊だけは連れ帰ったが戦場で使い捨て、奴隷化した民は帝国人と交わらせる。そうすれば魔力を持って生まれてくる子は激減し、やがて魔術師の存在は世界から消え去るだろう。

家臣の命乞いをしたロセルの母、マリヤムを妃として受け容《い》れたのは、彼らに慕《した》われるマリヤムなら人質になると踏んだからか。マリヤムの美貌を見初《みそ》めたのかもしれないが、いずれにせよ、生まれた皇子がよりにもよって金色の髪の主であったことはさすがのクバードも予想外だったはずだ。

けれど仮にも我が子、皇子である幼いロセルを妃たちのように処分するわけにはいかず、柘榴宮の片隅に放置した。導き手が居なければ強力な魔力も覚醒することは無いと、生き残りの魔術師たちから聞き出したに違いない。

殻を破らなければいずれロセルは死ぬ可能性が高いことを、彼らがクバードに明かさなかったのは、おそらくロセルを守るためだ。クバードのことだ。その事実を知ればますます我が子への嫌悪を募らせ、ロセルが死ぬ前に殺してしまいかねない。高い魔力を持つ者にしか不可能な死に方すら許せない、そういう男だから。

対面したことすら無いはずのロセルを、魔術師たちはずいぶん大切に思っているようだ。それも当然かもしれない。現在、魔術師部隊の中核を担《にな》うのは旧ウシャス――ロセルの母マリヤムの故国出身の魔術師たちだ。身を挺して自分たちを救ってくれたマリヤムは命の恩人。その息子のロセルは憎き皇帝の子であると同時に、恩人の忘れ形見、ウシャス王家の血を受け継ぐ最後の生き残りでもある。

つまり、彼らにとってロセルは心の支えなのだ。ウシャス復興、などと大それた野望までは抱いていないだろう。導き手を与えられないロセルは殻を破れず、儚《はかな》く散る運命だった。せめてそれまでは生きていて欲しい、そのために戦うのだと、ウシャスの魔術師たちは己を鼓舞《こぶ》している。

だがシアリーグと出逢ったことにより、ロセルの運命は一変した。

第十二皇子死去の一報があと十年経っても流れなければ、ウシャスの魔術師たちは悟《さと》るはずだ。ロセルに導き手が現れたのだと。

その時、彼らがどう動くか。クバードや妃たちの動向も含め、しっかり目を光らせておかなければなるまい。

やるべきことは山積《さんせき》している。それがシアリーグは嬉しくてならなかった。不幸しかもたらさなかったこの魔力を、愛しい者のために役立てられるのだ。

……ありがとうございます、父上。この力、私の子のため存分に役立てさせて頂きます。

きっと今頃、面影すらおぼろな父親は冥界で無念を噛み締めているに違いない。

無様な姿を想像するだけで、シアリーグの心は躍《おど》った。

【さる王国に伝わる神話――その一】

大地の女神は数多《あまた》おわす神々の中でも最も美しく、慈愛に満ちた女神である。富と豊穣《ほうじょう》を司《つかさど》る大地の女神を信奉《しんぽう》する人間は多く、神殿には貢《みつ》ぎ物が溢れ返っていた。地上の実りは大地の女神の心一つにかかっているため、神々すら女神の機嫌を窺う。

そんな大地の女神は、一人娘である生命の女神を溺愛《できあい》していた。外の世界は危険だからと、数百年もの間胎内《たいない》で守り育てるほどに。

見かねた最高神の説得により、どうにか生命の女神は生まれ出《い》でることが出来た。母親譲りの金色の髪と新緑色の瞳の、たいそう愛らしい女神だ。我が子を腕に抱いた女神の喜びで大地には花々が咲き乱れ、果実が実り、人も獣も大いに栄えた。

——春の始まりである。

シアリーグは優秀な魔術師であり、導き手でもあった。日々通ってくるロセルにシアリーグは持てる知識と技術のみならず、愛情を惜しみ無く注《そそ》いでくれた。

「お帰りなさい、ロセル」

「シアリーグ、ただいま！」

出逢って六年が経《た》ち、ロセルが十歳になった頃には、シアリーグの部屋はもう一つの我が家と化していた。出迎えてくれたシアリーグの腕に飛び込み、抱き締められながらつむじや頬に口付けてもらうのがすっかり日課になっている。

「今日も魔力は安定していますね」

仕上げに唇を重ね、シアリーグは満足そうに微笑《ほほえ》む。

慈愛となまめかしさが同居する美貌は六年が経ってもまるで変わらない。出逢った時二十歳だったシアリーグも、今は二十六歳だ。少しは衰《おとろ》えが出てきてもいいのに、白い肌はしわやしみとは無縁で、六年前よりもみずみずしくなったようにさえ見える。

それも魔力を持つ者の特徴なのだと、シアリーグが教えてくれた。魔力は宿る肉体を最上の状態に保とうとするため、その者の最も充実した肉体年齢に達すると老化がひどくゆっくりになるのだという。

シアリーグやロセルのように金色の髪を持つ者だと、ほぼ老化は止まってしまうそうだ。ロセルもいずれその年頃になれば、外見は変化しなくなるのだろう。

「うん…、シアリーグもね」

触れ合った唇から流れ込んできた魔力と、鼻腔をくすぐる匂いは今日も甘くかぐわしい。魔力を持つ者はあらゆる病にかかりにくくなるが、精神の乱れは魔力の乱れにつながり、心身に異常をきたすことも多いので、毎日こうして確認しておかなければならないのだ。

「貴方《あなた》のおかげですよ、ロセル。貴方が居てくれるから、私はいつでも心穏やかでいられるのです」

――可愛いロセル。

甘い囁きにうっとりと目を細めれば、再び頬に口付けられる。

ロセルが見かけたことのあるどんな妃《きさき》よりも麗《うるわ》しいシアリーグだが、しなやかな筋肉のついた長身は逞《たくま》しい男性のそれだ。小さなロセルの身体など、軽々と抱き上げてしまう。

定位置である長椅子に移動し、腰かけたシアリーグの膝に収まると、ロセルは出された茉莉《まつり》花茶《かちゃ》を飲んでから尋ねた。

「あのね、シアリーグ。昨日の夜、紅炎宮《こうえんきゅう》から父上様の使いが来たんだ。…知ってる？」

「ええ。次の親征《しんせい》に、第五皇子と第六皇子を連れて行くというのでしょう？」

シアリーグはこの部屋から一歩も出ないが、柘榴宮《ざくろきゅう》の事情には精通している。魔力の網《あみ》をすみずみまで張り巡らせ、魔力の目と耳で情報を収集しているのだ。シアリーグにかかれば、妃同士のもめごとから厨房の召使いの噂話まで筒抜けである。

魔術師なら誰にでも出来ることではなく、膨大《ぼうだい》な魔力と優《すぐ》れた才能を持つシアリーグだからこそ可能な離《はな》れ業《わざ》だ。

「そうなんだ。…それから、何だか宮殿がぴりぴりしてて」

ちょっと怖い、と白状すると、シアリーグはロセルを横向きに抱え直した。額や頬にあやすような口付けを降らせ、ロセルの顔を己の胸にそっと埋《うず》めさせてくれる。

「かわいそうに…。大丈夫ですよ、ロセル。貴方は私が守ります。戦場へなんて、絶対に連れて行かせませんから」

「シアリーグ……」

甘くかぐわしい匂いを吸い込むだけで、胸をむしばむ不安が溶けていくのを感じた。

一年の半分を戦場で過ごし、英雄帝の二つ名を持つクバード。皇帝自《みずか》ら率いる遠征軍に加わることは、数多居る皇子たちにとって本来は喜ばしいことだ。武勲《ぶくん》を立てればクバードに目をかけられ、望むままの褒美《ほうび》を与えられるばかりか、未だに定められていない皇太子…次期皇帝の座が転がり込んでくるかもしれないのだから。

だが昨日、紅炎宮からの使者を迎えた第五皇子と第六皇子の母妃たちの反応は対照的だった。第五皇子の母妃は歓喜をあらわにしていたが、第六皇子の母妃は青ざめ、今にも卒倒しそうだったのだ。第五皇子、第六皇子は同じ年の生まれで、共に十五歳になったばかり。近いうちに何らかの役職を与えられ、柘榴宮を出されるはずだった。

「無理もありません。第五皇子の母妃は軍閥《ぐんばつ》貴族の出身です。父親に頼めば皇子のための護衛兵を相当数付けてもらえるでしょうから、戦死の心配はまずありませんが、第六皇子の母妃は中流どころの文官貴族の出身。護衛兵を付けてもらうのは不可能でしょう」

シアリーグの説明のおかげで謎は解けた。多数の護衛兵に守ってもらえる第五皇子は生き延び、武功を立てる可能性も高いが、護衛兵無しで戦場へ連れ出される第六皇子が生きて帰れる可能性は低くなる。

仮にも皇子なのだから、相応の護衛を付けてやろう――などという親心は、クバードに限って存在しない。クバードは『資質を見極める』と称しては成人した息子を戦場へ連れて行き、決まって前線へ送り込むのだ。実際に戦わなければ資質の見極めようがなかろうと主張して。

もちろん周囲には兵士たちが居るが、彼らの任務は敵陣の突破であり、皇子の護衛ではない。積極的に皇子を守ろうとはしない。皇子が生き延びられるかどうかは本人の強さと運、そして後ろ盾《だて》にかかっている。

「十三年前、第二皇子…貴方の異母兄が皇帝の親征で戦死しています。皇后との間に生まれた唯一の皇子であり、皇太子候補の筆頭《ひっとう》だった方です」

「えっ……」

クバードと皇后の間に生まれた第二皇子が早世《そうせい》したことは、ロセルも知っていた。だがまさか父親の手で戦地に送り込まれ、亡くなったのだとは思わなかった。

「正妻に産ませた嫡子《ちゃくし》さえ、皇帝はろくに守ろうとしませんでした。身分の低い側室腹《そくしつばら》の皇子なら、生還の確率はいっそう低くなります」

「だから第六皇子の母君様は、あんなにつらそうだったんだ…」

胸がちくりと痛んだ。

皇后はロセルが生まれた頃にはすでに自室に引きこもり、皇后の務めを放棄してしまっていた。儀式などにもいっさい姿を見せない。柘榴宮で妃たちの争いが絶えない要因は、女主人たる皇后の不在が大きいが、息子を若くして喪《うしな》ったせいなら責められないと思う。

「ええ。……母妃様のお気持ちを思うと、私も胸が痛みます。可愛い我が子に傷一つでも付けられれば、私なら正気ではいられない……」

ロセルを抱く腕に力がこもり、甘い匂いが濃厚になる。シアリーグの魔力がたかぶっている証拠だ。

そっと顔を上げれば、黒蛋白石《ブラックオパール》の双眸《そうぼう》の奥で狂おしい光が揺れていた。ぎらつくそれは恐ろしいのに、ロセルを案ずるがゆえだと思うと胸がときめいてしまう。

「…僕もだよ、シアリーグ」

ロセルはシアリーグのやわらかな唇にちゅっと吸い付いた。

互いの魔力が流れ込むほど相性のいい魔術師なら、言葉を尽くすよりも触れる方が鮮明に感情を伝え合える。シアリーグが傷付けられると思うだけで引き裂かれそうになるロセルの心は、きっと伝わったはずだ。

「ああ、ロセル……何て可愛い、私のロセル……!」

返される口付けは歓喜と慈愛に満ち、ロセルをかき抱く腕はどこまでも力強く優しい。

もっと心地よい魔力と匂いに包まれたくなって、ロセルはシアリーグの首筋に腕を回した。

夕餉《ゆうげ》の刻限の少し前、シアリーグと別れて自室に戻る途中、ロセルは庭園に咲き誇る薔薇《ばら》の花を見付けた。水が貴重なテトロディアでは、観賞用の植物栽培は富豪にしか許されない贅沢《ぜいたく》だが、かつてのオアシスに築かれた皇宮《こうぐう》にはいくつもの水源があり、妃たちを楽しませるための庭園がそこかしこに設《しつら》えられている。

この庭園は冷遇される妃の住む東翼に近いのもあり、妃たちはあまり寄り付かない。今日も誰の姿も無く、ロセルはふらふらと薔薇の花壇に歩み寄った。東の果ての国からはるばる持ち込まれ、大量の水を必要とする薔薇は、皇宮でしか拝《おが》めない富貴《ふうき》の象徴のような花だ。大輪の花に鼻を寄せ、吸い込んだ香りは甘くかぐわしい。クバードの寵愛《ちょうあい》を得たい妃たちが花びらを湯船に浮かべ、香りを染み込ませようとするのもわかる気がする。

……でも、シアリーグの方がずっといい匂いだ。

今日も存分に抱き締められ、堪能《たんのう》した匂いを思い出すだけでうっとりしてしまう。

誰よりも綺麗で優しく聡明《そうめい》なシアリーグ。薔薇の美しさは柘榴宮の誰でも知っているが、シアリーグという花の美しさを知るのはロセルだけだと思うと優越感がこみ上げてくる。

ロセルの成人まであと五年。シアリーグは戦場へなど決して連れて行かせないと言ってくれたが、クバードが…皇帝がその気になったならきっと誰も止められない。命令されれば、ロセルもまた第五皇子や第六皇子のように参戦することになる。

シアリーグは嘆《なげ》き悲しむだろう。ロセルにも護衛兵を付けてくれる後ろ盾は居ないのだから。

けれどロセルはかすかな希望を抱《いだ》かずにはいられなかった。…戦場に出るのは怖い。傷つくのも、誰かを傷つけるのも恐ろしい。

だがもしもロセルがクバードに認められるほどの武勲を立てたなら――褒美にシアリーグを下賜《かし》してもらえるかもしれない。

「……シアリーグ……」

すぐ近くに咲いている花を眺めに来ることさえ叶わないあの美しく哀れな人を、自由にしてあげたい。こそこそと会いに行くのではなく、シアリーグはロセルの大切な人なのだと宣言してしまいたい。いい匂いのする胸にずっと顔を埋めていられたら、どんなに幸せか。

六年前に芽生《めば》えた思いは大きくなるばかり。この思いはいったい何なのだろう。シュクルにも相談出来ない。

母のマリヤムが生きていたら、教えてくれたのだろうか。悩むロセルをシアリーグのように抱き締め、優しくあやしてくれたのだろうか。想像しようとすると、絵姿すら残っていない母の顔はシアリーグのそれにすり替わる。

『私の可愛い子』

我が子と優しく呼んでくれる人を、慈《いつく》しんでくれる手を、ロセルはシアリーグ以外知らない。

…シュクルはマリヤムの侍女だったからロセルにも仕《つか》えてくれている。ロセルがロセルであるというだけで、愛してくれるのはシアリーグしか居ない。

「……、……母上、様……」

私の子、と呼びかけられ、本当はそう返したかった。きっとシアリーグは喜び、抱き締めてくれるとわかっていても、出来なかったのは…。

「――本当によろしいのですか、お嬢様」

低く張り詰めた声が聞こえ、ロセルはとっさに植え込みに隠れた。シアリーグの護符《ごふ》を握り締め、声のした方を窺えば、庭園の隅に複数の人影がある。ロセルが考え事に耽《ふけ》るうちに、反対側の門から入って来たらしい。

「ここを出られれば、皇子殿下とは二度とお会いになれません。これが今生《こんじょう》のお別れになるかと…」

「もとより覚悟の上です。この子が生き延びられるのなら、いかなる辛苦《しんく》にも耐えてみせましょう」

深刻そうな表情で話しているのは庭師と、面布《めんぷ》をかぶった華奢《きゃしゃ》な女性だった。顔は見えないが、か細い声には覚えがある。昨日、紅炎宮からの使者が訪れた時に聞いたばかりだ。

……第六皇子の母妃？　それにあの庭師は……。

作業着姿の庭師はよく日に焼けた男だが、問題はそこではない。

テトロディアにおいて女性が職業を持つことはまれだ。女性の職人を求めていては数多の妃を抱える柘榴宮はとても回っていかないため、庭師や料理人などの職人は男子禁制の例外とされている。

だがあの庭師は、第六皇子の母妃を『お嬢様』と呼んだ。母妃の方も庭師とは馴染みがあるようだ。気位の高い妃たちは庭師など風景の一部くらいにしか思っていないし、声をかけたりすることなどありえないのに。

「母上、私は……」

母妃を不安そうに呼ぶ少年は第六皇子だ。昨日使者を迎えた時はきらびやかな正装に身を包んでいたが、今日はロセルよりも粗末《そまつ》な衣服を纏《まと》い、大きな鞄を抱えている。

「貴方は何も心配せずとも良いのです。ただ無事に脱出することだけを考えなさい」

「ですが私が居なくなれば、誰かが必ず気付くはずです」

「大丈夫。貴方の身代わりはちゃんと用意してありますから。……そうですね？」

「はい、お嬢様」

庭師は頷き、背後に控えていた少年を前に押し出した。第六皇子と同じ髪と瞳の色の少年だ。背格好も皇子とよく似ており、刺繍《ししゅう》の施《ほどこ》された高価そうな絹の衣装を纏っていると、遠目からは第六皇子そっくりに見える。

「お嬢様のご命令により、かねてより仕立てておいた者でございます。この通り皇子殿下によく似ておりますので、しばらくはごまかせるかと」

「…いつまでも隠せるわけがない。父上はもちろん、同行する将官たちにも私の顔を知る者は多いのだぞ」

「その時、貴方はすでに帝国の外へ脱出しています。何の問題もありません」

苦悩する第六皇子の手を、母妃がそっと握り締めた。

「でも…、その時、母上は……」

「私はいいの。貴方さえ生きていてくれるのなら、私はどうなっても…誰にどれほど恨まれようと構わないわ」

ロセルの背筋に冷や汗が伝い落ちていった。母妃たちが何をしようとしているのか、察してしまったせいで。

母妃はおそらく第二皇子が戦死した時から、自分の子もまた戦場へ連れて行かれ、命を失うかもしれないと危惧《きぐ》していたのだろう。だから実家に頼み、息子の身代わりとなりうる者を用意させておいた。

そして昨日、怖れていたことが実現してしまい、母妃は実家に助けを求めた。実家はさっそく配下を庭師に変装させ、身代わりと共に柘榴宮へ送り込んだ。第六皇子は庭師の弟子のふりでもして脱出し、クバードの手の及ばぬ外国へ逃亡する。身代わりの少年は第六皇子として母妃と共に柘榴宮に残るのだろう。

だが第六皇子も指摘した通り、入れ替わりはいずれ必ず露見《ろけん》する。妃に欺《あざむ》かれたクバードは烈火のごとく怒り狂い、母妃にも身代わりの少年にも惨《むご》たらしい罰を与えるはずだ。当然母妃の実家も無事で済むわけはなく、取り潰しなら良い方、クバードの機嫌いかんでは一族郎党処刑されるかもしれない。

それを覚悟の上で、母妃は息子を逃がそうとしているのだ。息子だけは生き延びて欲しい、ただその一心で。

か弱くはかない見た目とは裏腹の強烈な執念を感じ取り、ロセルはくらりとする。

力の抜けた手からシアリーグの護符が抜け落ちた。慌てて拾おうとした弾《はず》みでつんのめってしまい、ロセルは隠れていた植え込みからまろび出る。

「誰だ⁉」

あたりを警戒していた庭師が鋭く誰何《すいか》した。日陰者の皇子でも、ロセルの持つ異端の色彩は広く知れ渡っている。

「お前は……、ロセルか？」

「第十二皇子が、どうしてこんなところに……」

第六皇子も母妃も、すぐにロセルの正体に気付いた。

護符を握り直そうとして、ロセルは青ざめる。護符はあくまで所持者の存在を周囲に気付かれないようにするもの。一度そこに居ると勘付かれてしまったら効果はなくなるのだと、シアリーグから聞かされていたのだ。

「貴方は……聞いてしまったのね」

面布の下で、母妃が顔を強張《こわば》らせた。何度も首を振りながら後ずさろうとするロセルを、庭師が素早く背後に回り込んで拘束する。

「う…、うう、うっ……」

「お嬢様、いかがなさいますか？」

抜け出そうとするロセルの口を大きな手が覆《おお》った。緊迫した問いに、母妃はかすかに震える声で命じる。

「――始末して」

「母上っ!?」

第六皇子が色を失い、母親の腕を掴んだ。

「何を考えておられるのですか!?　まだ幼い、しかも皇子を…っ」

「皇子だからです！」

母妃は叫び、息子の手を振り解《ほど》いた。面布が外れ、あらわになった大きな瞳は血走り、涙に濡れている。

「幼くとも、後ろ盾が無くともこの子は皇子なのです。もしもこの子が陛下にここで見聞きしたことを告げたなら、すぐさま追っ手がかかり、貴方は捕縛《ほばく》されてしまうでしょう」

「母上……」

「それを防ぐにはここで始末してしまうしかありません。骸《むくろ》さえ見付からなければ、いくらでもごまかせます」

ロセルの背筋が粟立《あわだ》った。

ロセルが居なくなって騒ぐのはシュクルだけだ。シアリーグも心配してくれるだろうが、母妃たちはシアリーグとロセルの関係を知らない。ロセルの骸が発見されなければあくまで行方知れずであり、下級侍女に過ぎないシュクルがいくら騒ぎ立てたところで誰も気にとめない。

「ごめんなさいね」

語りかけてくる口調は優しく慈愛に満ち、だからこそ恐ろしかった。

第六皇子ともその母妃とも、関わったことはほとんど無い。他の妃たちと談笑する姿を時折遠くから見かけた程度だ。我《が》の強い妃にしては珍しく控えめで優しげな人だと思っていたのに、我が子のためなら悪魔にでもなるというのか。

「貴方には何の恨みもありませんが、私の子のために死んでもらいます。……本当にごめんなさい……」

「あ、……ぐ、……うっ……」

丸太のように太くたくましい庭師の腕が、ぎりぎりとロセルの細い首を絞め上げる。鼻と口の両方をふさがれていては息も出来ず、たちまち視界は暗く染まっていった。

……僕、……死んじゃう、の？

何もしていないのに——あの美しく悲しい人を、まだ自由にしてあげられていないのに。

『可愛い我が子に傷一つでも付けられれば、私なら正気ではいられない……』

『ああ、ロセル……何て可愛い、私のロセル……！』

……まだ、……って、呼んで、ないのに。

黒く塗り潰されていく脳裏《のうり》にシアリーグの優しい微笑みが浮かぶ。生まれてすぐ母を失くしたロセルに、初めて無償の慈愛を与えてくれた人。

最後の力を振り絞り、胸元の護符を握った時だった。何も見えないはずの瞳に青白い光が映ったのは。

……蝶《ちょう》、蝶……？

ひらり、と蝶が光を纏う翅《はね》を優雅に羽ばたかせたとたん、ロセルの首を締め上げていた腕が緩《ゆる》んだ。

求めていた空気が急に喉へ入ってくる。

げほげほと咳《せ》き込みながらくずおれそうになったロセルを、誰かの腕が抱きとめてくれた。たくましいが庭師ではない。

これは、…この泣きそうになるくらい懐かしく優しい匂いは…。

「シ、ア、…リーグ…」

「ロセル、……ロセル！」

あえぐロセルの唇にやわらかなものが重ねられる。流し込まれる魔力はたちどころにロセルを癒《い》やし、活力を与えてくれた。

「シアリーグ…、…どうして、ここに…」

「貴方の悲鳴が聞こえたのです。……間に合って、良かった……」

重ねていた唇を離し、シアリーグはロセルの胸元の護符に触れる。これがロセルの悲鳴をシアリーグに届けてくれたのか。柘榴宮に魔力の網を張り巡らせているシアリーグなら、ロセルの居場所を突き止めるのは簡単だっただろうけれど。

「そんなことしたら…、シアリーグが、みんなに見られちゃう…」

しかもここには第六皇子やその母妃、庭師と身代わりたちまで居るのだ。シアリーグが自我を取り戻したと知られれば、興味をそそられたクバードに伽《とぎ》を命じられてしまうかもしれない。

「大丈夫、何の心配もありません」

大事そうに抱き上げられ、ロセルは気付いた。自分を締め殺そうとしていた庭師が白目を剝《む》き、倒れていることに。

いや、庭師だけではない。第六皇子も母妃も身代わりの少年も目を開けたまま倒れ、ぴくりとも動かない。

「動けないようにしておきました。私が現れたことも、自分たちの身に起きたことも、決して口外《こうがい》する恐れはありません」

「……、すごい……」

魔術師の端くれなので、人の精神を操る魔術の存在も知っている。

だが複雑かつ繊細《せんさい》な人の精神を思い通りに操るには卓越した技術はもちろん、膨大な魔力も必要とするのだ。ロセルを助けつつ短時間で四人もの精神を操作するなんて、シアリーグでもなければ不可能だろう。

「ここに来るまでの間も姿を隠していましたから、誰にも目撃されていませんよ」

「そう…、なんだ……」

……良かった。

強い安堵が胸を満たす。命が助かったことよりも、シアリーグを誰にも見られずに済んだことの方が嬉しいなんて、自分はどうかしてしまったのだろうか。

「…あの…、ね、シアリーグ……」

母妃たちが何をしようとしていたのか、助けてもらってどれだけ嬉しいか。伝えなければならないことはいくつもあるのに、強烈な眠気が襲ってくる。

「眠ってしまいなさい」

必死に抗《あらが》おうとするロセルの耳元で、シアリーグが優しく囁いた。さらさらと揺れる金色の髪が頬をくすぐる。

この柘榴宮で唯一、ロセルと同じ色彩の髪。二人だけしか持たない魔力。

「魔術師は…特に貴方のように幼い者は、人の感情に敏感です。強い感情をぶつけられれば心に負荷がかかり、酷《ひど》い場合は病んでしまいます。その前にしっかり心と身体を休めなければ」

「…で…、も、…僕、は…」

「後のことは私に任せて。……貴方は何も心配しなくていいのですよ。全て、私がいいようにしてあげますからね」

ひらひら、ひらひら。

微笑むシアリーグの背後で何羽もの蝶が舞っている。青白い光の軌跡を描きながら。

……何て……、綺麗なんだろう……。

現実ではありえない幻想的な光景に、今にも閉じてしまいそうな双眸から涙が溢れ出た。

これが夢だったらどうしよう。本当の自分は庭師に首を絞められていて、冥界《めいかい》へ堕《お》とされる寸前に末期《まつご》の夢を見ているだけだとしたら……これだけは。

せめてこれだけは、伝えておきたい。

「……母上、様……」

もつれる口を無理やり動かし、どうにか呼びかけると、黒蛋白石の双眸が大きく見開かれた。

抱き上げる腕をわななかせ、シアリーグが覗き込んでくる。

「ロセル…、今……」

「……はは、……うえ、……さま……」

もうほとんどろれつの回らない口でつむいだ声はかすれ、切れ切れになってしまったけれど、シアリーグには届いたようだ。

「ああ、ロセル、ロセル！　私の、……私だけの可愛い子……！」

女神のごとき美貌を輝かせ、きつく抱き締めてくれる。…もう大丈夫だ。この腕に守られている限り、誰もロセルを害せない。もし傷付けようものなら――が、死よりも惨《むご》くつらい罰を与えるだろう。

強い幸福感に包まれ、ロセルの意識は泥のような眠りに落ちていった。


「私の子。……私のロセル」

呼びかけるだけで愛《いと》おしさが溢れ、全身を満たしていく。

……とうとう、とうとうロセルが私を母だと認めてくれた！

私の子と呼ぶたび、ロセルがためらっているのには気付いていた。六年もの間毎日共に過ごし、魔力を流し込み、実の親子よりも近しい肉体に造り替えてやったのだ。いずれ受け容《い》れてくれるだろうと思っていたが、こんなに早くその時が訪れようとは。愚物《ぐぶつ》は愚物なりに役に立ったということか。

だとしても――もちろん、許してやるつもりなど無いが。

「よくも私のロセルを、身勝手な理由で殺《あや》めようとしてくれたな」

ロセルには絶対に聞かせられない荒々しい口調で吐き捨て、シアリーグは倒れた母妃たちを睨み据える。

全身からほとばしる神気《しんき》混じりの魔力は、魔力を持たぬ常人なら浴びせられただけで卒倒しかねないが、彼らは身じろぎ一つ……呼吸すらしない。当然だ。彼らはシアリーグの怒りに触れ、命を落としてしまったのだから。

…ロセルに嘘を吐《つ》いたわけではない。死者は語る口を持たず、現世《うつしよ》に何ら干渉など出来ないモノだ。シアリーグはただ、魔術で操られているのだと思い込んだロセルの誤りを正さなかっただけ。

「その罪……、万死《ばんし》をもってしても償《つぐな》えぬと思え」

ひら、ひらひら、ひらり。

恐れをなし、飛び去ろうとする青白い蝶たちを魔力の手で捕らえ、次々と容赦《ようしゃ》無く引きちぎる。そのたび庭師の、身代わりの少年の、第六皇子の、そして母妃の悲鳴が響くが、シアリーグの心はかけらも痛まない。ロセルを殺そうとした大罪人《たいざいにん》どもなど、魂を引き裂かれる激痛にさいなまれながら冥界に堕ちればいい。

……堕ちてからも、楽にはなれないがな。

冥界の入り口を守る番犬は常に飢《う》えている。ばらばらになった魂は格好の餌《えさ》だ。卑《いや》しい番犬に貪《むさぼ》り喰われ、長い長い時をかけて臓腑《ぞうふ》で消化される。大罪人には似合いの末路《まつろ》だろう。

「……は、……うえ、……」

「っ……」

かすれた呼び声に、シアリーグははっと我に返る。

…今のは何だ？　向こう岸の見えぬ大河、三つの首と尾を持つ番犬、永遠に太陽の昇らぬ常《とこ》夜《よ》の国…見たことが無いはずの光景が、確かに今、脳裏《のうり》にまざまざと浮かんでいた。

記憶に無い光景が何故こうも懐かしいのか。思考を探るよりも、ロセルを安全な場所で休ませてやることの方がはるかに重要だ。

「大丈夫ですよ、ロセル。私が付いていますからね」

抱いたままのロセルに頰擦《ほおず》りをし、四体の骸に隠蔽《いんぺい》の術を施してから庭園を後にする。

向かうのはシアリーグの部屋だ。こんな状態のロセルをシュクルのもとに戻すわけにはいかない。…いや、戻したくない。叶うならこのままシアリーグの中に取り込んで、どこにも出したくない。

ロセルと共に過ごす時間が積み重なれば重なるほど、愛おしい子を自分だけのものにしてしまいたい欲望はいや増していく。胸をむしばむこの衝動は何なのだろう。ロセルと一つになって、どこまでも溶け合って…。

「ああ……」

恍惚《こうこつ》に身を震わせ、ロセルを寝台に寝かせると、自分も隣に潜《もぐ》り込んだ。

不安そうに腕をさまよわせていたロセルがシアリーグの服をきゅっと摑み、胸に擦り寄ってくる。何ていじらしく可愛いのだろう。こみ上げる庇護《ひごよく》欲と愛おしさのまま、シアリーグは小さな身体を腕の中に収める。

「いい子…、ロセルは可愛い、いい子ですね……」

やわらかな髪を撫で、触れ合った部分から魔力を混ぜ合わせる。かすかに伝わってくる恐怖の感情に目がくらみそうなほどの怒りを覚えた。この小さく無垢《むく》な子を殺そうとするなんて、番犬に喰わせる程度では生ぬるかったかもしれない。

魂を引き裂く時に記憶を読んだから、第六皇子の母妃たちが何をしようとしていたのかはわかっている。

息子一人を生かすため、母妃はどれだけの犠牲を出すつもりだったのか。ことが露見すれば首謀者たる彼女はもちろん、母妃付きの侍女や召使い、実家の一族郎党にいたるまでクバードに処刑されるだろうに。

息子のために数多の他人を…ロセルまで死なせようとしたのだ。同じように可愛い我が子を救うため、シアリーグに命を奪われても文句など言えまい。今生の別れになるところだったのを番犬の胃の中で再会させてやるのだから、むしろ慈悲深いかもしれない。

とはいえ、自分のせいで彼女たちが死んだと知ればロセルは己を責めるだろう。万が一にも罪悪感など覚えさせないよう、手を打っておかなければならない。

「あ……、……ここ、は？」

魔力の網を操作しながら愛らしい寝顔を愛《め》でていると、一刻ほどして、ロセルが若葉色の双眸を開いた。少し腫《は》れぼったいまぶたに、シアリーグは口付けを落とす。

「私の部屋ですよ。…ロセル、気分はどうですか？」

「え、……シア、リーグ？」

ぱちぱちとしばたたくロセルは可愛くて可愛くて、胸と腹の奥が同時に疼《うず》いた。喰らってしまいたくなるのを堪《こら》え、細い背中を撫でてやる。

「もう、母と呼んではくれないのですか？」

「…え…」

「貴方に母上様と呼んでもらえて、私はとても嬉しかったのに…」

ひく、とロセルは喉を震わせた。

「じゃ、…じゃあ、あれは、夢じゃなかったってこと？」

「ロセル……」

「僕、生きてるの？　…これからもずっと、シアリーグと一緒に居られる？」

ああ——どうしてくれよう。

愛しくてたまらない。一つの肉体でないのが我慢出来ない。

「夢ではありません。貴方は助かって、私の腕の中に居る。…魂が消滅するまで放しません」

「う…、っ…く、ほ、…本当、に…」

「だから…ね？　もう一度、呼んで下さい」

耳元で甘くねだれば、ロセルはぎゅっと首筋に縋《すが》り付いてきた。全身全霊で求められている事実が、シアリーグの魔力を沸騰《ふっとう》させる。

「母上…、様……」

「はい、ロセル。可愛い私の子」

「は、は、……母上様、母上様……っ！」

わあああああっ、と赤子のように泣き出したロセルを抱き締める。赤子のロセルを育ててやれなかった悔しさがほんの少しだけ癒されていく。

「僕…、…僕、ずっと、ずっと不安で…」

「不安…？」

「僕はシアリーグの、本当の子じゃ、ないから…。いつか、シアリーグは僕のこと、要《い》らなくなっちゃうんじゃ、ないかって…」

「……、何と言うことを……！」

シアリーグは抱きすくめる腕に力を込めた。息苦しいはずだが、ロセルは文句を言うどころかいっそう強くシアリーグに縋ってくる。それだけ不安だったのだと思うと、いじらしくて愛おしくて胸が壊れそうになる。

「貴方は私の子、私の子は貴方だけです。その証拠に、ほら…」

そっとロセルの腕を解き、いったん身を離すと、貫頭衣《かんとうい》を脱ぎ去る。あらわになった胸にロセルを抱き締め、顔を埋めさせた。

「貴方と同じ魔力の流れを…貴方の魔力と私の魔力が混ざり合うのを感じるでしょう?」

「う…、うん…」

「貴方の中には私の魔力が流れている。……貴方は間違い無く私の子ですよ、ロセル」

「……あ、……あぁ、ああっ……」

また泣き出したロセルを抱き、つむじに何度も口付ける。とんとんと背中を優しくさすってやるうちに、嗚咽《おえつ》は収まっていった。ずっと泣いていればいいのに、そうすればこの腕から出さずに済むのに。そんな思いは、涙に濡れた若葉色の双眸に見上げられた瞬間消え去ってしまう。

「母上様、大好き……」

「……っ…、私も、私も愛しています。ロセル……可愛い私の子……」

もう二度と離れないとばかりに抱き締め合う。

重なり合った部分から、身体が溶けていってしまいそうだった。

【さる王国に伝わる神話――その二】

母女神に慈《いつく》しまれ、生命の女神はすくすくと成長していった。世にも愛らしく美しい娘を誰にも見られまいと、母である大地の女神は決して自分のそばから離さない。生命の女神を一目でもかいま見ようと近付く者は、大地の女神によって排除された。同じ神の一族であろうとも、一切の容赦《ようしゃ》は無かった。

大地の女神は信じて疑わなかった。自分さえ警戒していれば、愛《いと》しい娘は誰にも奪われないのだと。

気付かなかった――いや、認めようとしなかったのだ。

お母様、お母様と無邪気に慕《した》ってくれるいとけない娘にも、己の意志というものが存在することを。

ロセルがシアリーグの胸で眠った翌日、第六皇子とその母妃《ははきさき》は居室で遺体となって見付かった。卓子《たくし》上の酒杯《しゅはい》には毒入りの葡萄酒《ぶどうしゅ》が残されており、争った形跡《けいせき》も無かったことから、母子は心中したものとみなされた。

『そう……死を選んでしまいましたか……』

ロセルを助けた後、彼女たちの記憶を操作し、居室に移動させておいたというシアリーグは残念そうだった。あの庭園での出来事は忘れさせてしまったから、また何らかの手段で第六皇子を逃がそうとするとは思っていたが、まさか死を選ぶとは予想しなかったという。

第六皇子と母妃の自死を知り、クバードは激怒した。

柘榴宮《ざくろきゅう》の誰も表立っては口にしなかったが、息子の参戦を厭《いと》うあまり、母妃が心中《しんじゅう》を決意したのは時期的にも明白だ。皇帝の命令に逆らった二人は骸《むくろ》になっていても許されず、八つ裂きにされ、しばらく城下にさらされたという。母妃の実家は取り潰され、一族は母妃たちと同じ運命をたどった。苛烈な処置に柘榴宮は震撼《しんかん》した。

その後、クバードは予定通り出陣し、第五皇子も従った。第五皇子にはその母妃のはからいにより多くの護衛兵が付けられ、怪我一つ無く帰還するものと思われたが、クバードが第五皇子を出陣させたのは激戦地の最前線だった。

敵軍の猛攻《もうこう》を護衛兵だけでは防ぎきれず、自《みずか》らも剣を振るわざるを得なくなった第五皇子は激闘の末、利《き》き腕と左脚を失ってしまった。命こそ無事だったが、次期皇帝候補としては死んだも同然だ。変わり果てた姿で帰還した第五皇子を母妃は号泣《ごうきゅう》しながら迎え、揃って皇宮を離れた。その報告を受けても、クバードは眉一つ動かさなかったという。

皇太子に躍り出るかもしれないと思われた第五皇子が脱落したことにより、皇位争いは振り出しに戻った。

皇子を持つ有力妃たちは色めき立ったが、柘榴宮に渦巻く興奮には少なからぬ怖れも混じっていた。

『――陛下は亡くなるまで誰にも帝位を譲りたくないのでは？』

妃たちは囁き合う。

ひそやかに、まことしやかに。

『皇太子を定めれば、陛下の御身《おんみ》に大事あった場合は皇太子が即位することになります』

『先帝として息子に頭《こうべ》を垂れるなど、陛下は耐えられますまい。常にご自分が最上の存在でなければ気が済まないお方ですから』

皇太子を定めぬままクバードが死ねば、後継者争いがくり広げられ、テトロディアは内乱に陥《おちい》るだろう。それを承知の上で成人した皇子を戦場へ連れ出し、後継者の座から排除しているのではないか。帝位を奪われたくない一心で。

ひそやかな噂は囁かれ続け、その後も何人もの皇子たちが戦場で命を散らし、あるいは身体に致命的な障害を負ううちに真実と化して柘榴宮に浸透していく。

第五皇子と第六皇子の悲劇から五年が経《た》った今、紅炎宮《こうえんきゅう》からの使者を心の底から歓迎する者は居ない。

たった一人…十五歳になったロセルを除いては。

「第十二皇子ロセルに告げる」

「――ははっ」

正装の文官の前に、ロセルはひざまずいた。

皇帝の使者を迎えた玄関広間の空気はぴんと張り詰め、今にも砕け散ってしまいそうだった。無理も無い。ほんの六日前にも皇帝の使者は訪れたばかりなのだ。ロセルの背後で同じくひざまずき、ぶるぶる震えている一ヵ月違いの異母弟、ハサンを戦場へ伴《ともな》う旨《むね》を伝えるために。

「タハディ王国の叛徒《はんと》制圧に随行《ずいこう》し、その働きでもって皇帝の一族に相応《ふさわ》しき器であることを証明せよ。見事武功《ぶこう》を挙げたあかつきには褒美《ほうび》を取らせる」

文官は金箔《きんぱく》で華やかに彩《いろど》られた羊皮紙《ようひし》をものものしく広げてみせた。回廊に詰めかけた妃たちの息を呑む音が響く中、ロセルは答える。

「承知いたしました。陛下のご恩情に感謝を申し上げます」

「よろしい。…それから、第十三皇子殿下」

丸めた羊皮紙をロセルに渡すと、文官はロセルの隣に目をやった。同時に呼び出されていた一ヵ月違いの異母弟、ハサンがびくっと肩を揺らす。

「皇帝陛下よりのお言葉を伝えます。――先日の命令を取り消す。栢榴宮にて次の沙汰《さた》を待て、とのことです」

「は、……はは ぁー…っ…！」

ハサンはくずおれるようにひざまずいた。使者からは見えない角度でこちらに向けられた目は、喜悦《きえつ》と優越感にゆがんでいる。六日前、同じ命令を受けたのはハサンだったのだ。

「ハサン……良かった、本当に良かった……！」

文官が従者たちと共に引き上げていくと、飛び込んできた女性がハサンに抱き付いた。寵妃《ちょうき》エシェル――ハサンの母親だ。

帝国屈指《くっし》の富豪貴族の令嬢であり、実家の莫大《ばくだい》な献金によりクバードの寵愛《ちょうあい》を受け続けている。かつての美貌は分厚い化粧でも衰《おとろ》えを隠し切れないが、銀貨を無数に連ねた額飾りや高価な青玉《サファイア》の首飾りを幾重《いくえ》にも着けた姿は、老いの影を打ち消すぎらついた輝きを放っている。

「高貴な宮殿こそ貴方《あなた》に相応しいと、陛下はわかって下さったのですわ。病弱な貴方が野蛮極まりない戦場へなど出たら、繊細《せんさい》な心にどれだけの傷を負うことか」

「おやめ下さい、母上。仰《おお》せはごもっともですが、ここにはロセルも居るのですから」

息子に諫《いさ》められ、エシェルはちらりとこちらを見た。褐色《かっしょく》の双眸《そうぼう》がにんまりとゆがめられる。

「まあ、第十二皇子殿下。このたびは陛下より栄誉あるご命令を賜《たまわ》られましたこと、心よりお祝い申し上げます」

「……ありがとうございます」

「殿下はかのウシャス王家の血を引く、由緒《ゆいしょ》正しき血統のお方。きっと素晴らしい武功を立てて戻られると、信じておりますわ」

エシェルは貴婦人の礼を取り、息子と共に去っていった。二人の姿が見えなくなったとたん、妃たちは囁きを交わし合う。

「厚顔《こうがん》にもほどがありますわね、エシェル様は。第十二皇子殿下はウシャス王家の末裔《まつえい》とはいえ、何の教育も受けられなかったお方ですのに」

「最初タハディ遠征への随行を命じられたのは第十三皇子殿下でしたわ。ご子息を戦場へ行かせたくないあまり、閨《ねや》で陛下に第十二皇子殿下のことを吹き込まれたのでしょう？」

「ご実家にねだって、戦費《せんぴ》の献金もさせたそうですわね。ご子息の身代わりに第十二皇子殿下を差し出すなんて……」

ロセルに纏《まと》わり付く視線には好奇心と、少なからぬ憐憫《れんびん》がこめられている。エシェルに対する憤懣《ふんまん》もあるが、ロセルの容姿も大きいのだろう。皇帝の使者を迎えるため、久しぶりに公《おおやけ》の場へ現れた時、妃たちは感嘆《かんたん》の溜息を漏らしたのだから。

誰にも顧《かえり》みられない異端の皇子は、どこか危うさを孕《はら》んだしなやかな肢体《したい》の少年に成長していた。きらめく金色の髪と澄んだ若葉色の双眸は神秘的な光を秘め、見る者の目を惹き付けずにはいられない。

「ああ、殿下が行ってしまわれますわ」

「ほんにもったいないこと。今でさえあれほどの美形なら、あと数年もすれば貴族夫人たちの愛人として人気者になれるかもしれませんのに…戦場で命を散らすなんて…」

ざわめく妃たちには一瞥《いちべつ》もくれず、ロセルは玄関広間を後にする。誰もがロセルは戦死するものだと信じているようだ。

……まあ、そうだろうな。

タハディ王国は三年ほど前、良質な銀山を多数保有することからクバードに目を付けられ、攻め滅ぼされたばかりだ。この戦にもロセルの異母兄である第九皇子が出陣し、戦死を遂げている。

それほど激しい抵抗を受けたにもかかわらず、クバードはタハディの王族を生かしたのだ。亡き母マリヤムの祖国ウシャスやシアリーグの祖国エレウシスがそうだったように、被征服国の王族は皆殺しにされるのが普通だったのに。

自治権を奪われ、王宮の片隅に軟禁こそされたが、国王以下王族は全員生きている。かつてないほどの慈悲を施《ほどこ》されたタハディ王家は、クバードに心から感謝する…はずだったのだが。

半月前、元国王は突如挙兵《とつじょきょへい》し、王宮を制圧した。軟禁されながらも、近衛《このえ》軍と連絡を取り合っていたらしい。その後は何を要求するでもなく、王宮に立てこもり続けているという。

『恩知らずの叛徒どもめ……余《よ》がじきじきに叩きのめしてくれるわ！』

激怒したクバードは即座に出陣を決め、ちょうど成人を迎えたばかりの息子ハサンも連れて行くことにした。その時点では、かつて亡国の王女に産ませたロセルの存在など忘れ去っていただろう。

思い出させたのはエシェルだ。叛徒平定がいつになく激しい戦となり、我が子が命を落とす可能性が高いと怖れた彼女は、閨でクバードに囁いた。同じく成人したばかりのロセル皇子が居《お》ります、皇子はかの魔術大国ウシャスの血を引くお方、きっと戦場ではハサンなどよりも活躍なさるに違いありませんわ――たぶん、そんなふうに。

後ろ盾《だて》の無いロセルには魔術の師はおろか、学問や武術の師すら与えられなかった。何の訓練も受けていない皇子が戦場へ連れ出されたところで、活躍など望めるわけがない。

普通に考えればわかるはずだが、クバードはエシェルの提案を受け容《い》れた。そして今日、ロセルがハサンに代わって出陣を命じられた。そういう流れなのだろう。

ハサンはロセルと違って武術も学問も一流の教師を付けられたが、母親に甘やかされたせいでどちらもろくに身に付かず、放蕩《ほうとう》皇子とあだ名される始末だった。母親のエシェルとしては、何としてでも…身代わりを差し出してでも出陣させたくなかったに違いない。

何故クバードはろくに戦うことも出来ないロセルを戦場へ連れて行こうと思ったのか。

いや、ロセルに限らず、いくら後ろ盾のしっかりした皇子とて、実戦ではほとんど役に立たないはずだ。皇后の産んだ第二皇子をはじめ何人もの皇子が戦死し、あるいは取り返しのつかない怪我を負った。

なのに何故、と幼い頃は何度も首を傾《かし》げた。死ぬまで誰にも帝位を譲りたくないのでは、という妃たちの噂も一理あるが、何かが違うような気がしてならなかった。結局、答えは未だに出ていない。

だが、構わないのだ。大切なのは出陣を——武功を立てる機会を与えられたということなのだから。周囲の予想に反し、ロセルの心は喜びに満ちている。エシェルには礼を言いたいくらいだ。

「ただ一つ、問題は……」

ロセルは眉を寄せ、自分を待ちわびているはずの愛しい人のもとへ向かった。

「今すぐここを出ましょう、ロセル」

すっかり馴染んだ部屋に入るや、シアリーグがロセルの手を取った。

出逢ってから十一年が経っても変わらない美貌には真剣な表情が滲《にじ》んでおり、ロセルは察する。柘榴宮じゅうに張り巡らされた魔力の網《あみ》により、シアリーグはすでにクバードの命令を把握しているのだと。

「私たち二人なら、誰に見咎《みとが》められる怖れもありません。ひとまずは南に逃れ、それから東の大陸へ渡りましょう」

「ちょ…、待って、シアリーグ」

「東の絹の帝国ならば、皇帝もおいそれと手出しは出来ません。二人きりで新しい暮らしを…」

「待ってってば、……母上様！」

ロセルが強く手を握り返すと、黒蛋白石《ブラックオパール》の双眸が丸くなった。この十一年でロセルも背が伸び、目線の高さもずいぶん近付いたが、たぶんシアリーグの身長は追い越せないだろう。

「聞いて、母上様。…僕は陛下の命令に従い、出陣するつもりなんだよ」

「な…っ、本気ですか⁉　皇帝は貴方を生き延びさせるつもりなどありません。あの男は…」

「うん、わかってる。陛下は僕なんて死んでも構わない、むしろ死んで欲しいと思ってることくらい」

「だったら何故……！」

シアリーグの美貌が悲痛にゆがんだ。握り合った手から流れ込む魔力は、シアリーグがどれだけロセルの身を案じ、危険から遠ざけたいかを教えてくれる。

この世で唯一、ロセルに無償の愛情を注いでくれるシアリーグ。…だからこそ。

「僕は武功を立てたい。…母上様から習ったこの魔術で武功を立てて陛下に認められ、そして……母上様を救いたいんだ」

「…ロセル…っ…」

「武功の褒美として下賜《かし》されれば、母上様は堂々とここを出て、僕と一緒に生きていける。母上様と出逢った頃から、僕はずっとそう願っていた。それを叶える機会をやっと与えられたんだ。逃げるわけにはいかないよ」

「ロセル、…貴方は、……貴方という子は……」

震える手をそっと解かれ、腕の中に抱き寄せられた。かつては抱き上げられなければ届かなかったが、今なら顔を上げるだけでシアリーグの唇を受け止められる。

「ん……、……ぅっ……」

反射的に開いた唇から、シアリーグの舌がぬるりと侵入してくる。

ロセルは躾《しつ》けられた通り己のそれをねっとりと絡め、流し込まれる唾液《だえき》と魔力を無心に味わった。極上の蜜《みつ》よりも甘く感じるのは、シアリーグとロセルの魔力の親和性が高い証拠だ。血よりも濃い力で、二人はつながっている。

「……それでも……」

シアリーグは名残惜《なごりお》しそうに唇を離し、力の抜けかけたロセルを抱き上げると、寝台まで運んでくれる。横たえられたロセルに覆いかぶさり、濡れた唇に今度は触れるだけの口付けを落とした。

「それでも私は、貴方を戦場へなど行かせたくない。たとえ私を自由にするためだとしても…」

「母上様、……シア、リーグ……」

見下ろす黒蛋白石の双眸の奥に今までとは違う狂おしい輝きを見付け、ロセルは戸惑う。あれが何なのかはわからない。けれどシアリーグの中で何かが変化した、それだけは感じ取れる。

「…皇帝があのこざかしい牝狐《めぎつね》の願いを聞き入れた理由は、後継者となりうる皇子を減らすためだけではありません」

シアリーグが長めに整えられたロセルの髪を掬《すく》い取った。しなやかな指は妃たちの誰より白く美しくても男のそれなのに、ぞくりとするほどのなまめかしさでロセルの心臓を高鳴らせる。

「おそらく貴方は、魔術師部隊の士気を上げるための餌《えさ》として連れて行かれるのです」

「魔術師部隊って、帝国に征服された国々の生き残りの魔術師たちが集められている…？」

「ええ。今の魔術師部隊の中核をなすのはウシャス王国の生き残り…貴方の亡くなった母君に忠誠を誓っていた者たちですから」

亡き母マリヤムの家臣だった魔術師たちが帝国軍に組み込まれ、最前線で戦わされていることは知っている。マリヤムは彼らを救うため、クバードに身を捧《ささ》げたことも。

ロセルは生まれてから一度も会ったことは無いが、恩人の忘れ形見が同じ軍に出陣すれば、確かに彼らは発奮《はっぷん》するかもしれない。何せロセルは導き手すら居らず、一つの魔術も使えないと思われているのだから。

「…でも、彼らは今までだってじゅうぶん陛下の命令に従っていたはずなのに…タハディはそれほど手強《てごわ》い相手だってこと？」

「正確な戦力や陣容《じんよう》まではさすがにわかりませんが、帝国相手に反旗を翻《ひるがえ》し、王宮を制圧までしてみせたのです。侮《あなど》ることは出来ないと、皇帝は判断したのでしょう。攻城戦において、魔術師は切り札となり得ますからね」

シアリーグの言う通りだ。堅牢《けんろう》な城壁に守られた王宮に攻め込むには大がかりな攻城《こうじょう》兵器が必要とされ、行軍速度はかなり落ちてしまう。

だが魔術師なら自《みずか》ら移動出来る上、攻撃魔術で城壁を打ち壊せるのだ。一刻も早くタハディに怒りの鉄槌《てっつい》を喰らわせたいクバードは、魔術師部隊を作戦の要《かなめ》とするだろう。

「だから陛下は僕のことを思い出した時、僕を彼らの餌にすることまでひらめいたのか…」

「餌である以上、皇帝は今までよりも容赦無く貴方を前線に送り込み、使い捨てようとするはずです。…私は…、私は貴方を、そんな目に遭わせたくない…！」

がくがくと揺れる肩はロセルよりはるかにたくましいのに、今にも壊れてしまいそうなくらいか弱く見えた。たまらず手を伸ばせば、シアリーグは慣れた仕草でロセルを抱き寄せ、そのまま横臥《おうが》する。

「大丈夫、僕は死なないよ。だって僕はシアリーグの弟子で、母上様の息子だもの。戦場なんかで死ぬわけがない」

「…ロセル…、戦場が怖くないのですか？」

「怖くないよ。何にも怖くない」

…嘘だ。本当は怖い。戦場は今まで何人もの皇子の命を奪った。たとえロセルが魔術という強力な武器の持ち主でも、絶対に生きて帰れる保証は無いのだ。

でも、シアリーグを自由にしてあげられる好機を逃したくない。

「ロセル……」

臆病なロセルの真意など、シアリーグにかかれば流れ込む魔力から簡単に読み取ってしまえるだろう。背中を撫でてくれる手はいたわりに満ちている。

「貴方は……、そこまで私を思ってくれるのですね……」

魔力が甘く濃厚に匂い立つ。

ロセルに母と呼ばれるようになった頃から、シアリーグは東方風の前合わせの上衣《じょうい》を好んで纏《まと》うようになった。合わせの紐《ひも》を解けば、簡単に胸をあらわに出来る。

「僕が大きくなれたのは、シアリーグのおかげだから…」

シアリーグという導き手が居なければ、ロセルの魂は膨大《ぼうだい》な魔力に耐え切れず、砕け散ってしまっていた。シアリーグが母親になってくれたから、ロセルは愛情に満たされ成長することが出来た。優秀な賢者《けんじゃ》でもあるシアリーグの薫陶《くんとう》を惜しみなく授《さず》けられたおかげで、学者にも劣らない知識も身に付けている。

今のロセルを作り上げたのはシアリーグなのに、ロセルはシアリーグに何もしてあげられていない。

「それは私も同じですよ、ロセル」

「シアリーグも……?」

「貴方が私のもとへ忍んで来てくれたから、私は自分を取り戻せた。永遠の暗闇から解放されたのです」

「……っ……、シアリーグ、……母上様……」

出逢ったあの日、美しい人形のように座っていた空虚《くうきょ》な姿がよみがえる。

こみ上げる切なさと愛おしさのまま、ロセルはシアリーグの胸に顔を埋《うず》めた。弾力のある肉粒にしゃぶり付き、ちゅうちゅうと吸い上げる。

「母上様、母上様……」

「……ぁ……、可愛い、可愛いロセル……」

シアリーグは甘い息を吐き、ロセルが吸い付きやすいよう後頭部を大きな手で支えた。もう一方の手は背中を撫で、さすってはとんとんと優しく叩いてくれる。

初めてシアリーグを母上様と呼んだ日から毎日のようにくり返される行為は、ざわめいていたロセルの心をゆっくりと静めていく。

……あ、……また……。

甘く芳醇《ほうじゅん》な肉粒と魔力を味わっていると、股間が少しずつ熱くなる。ここしばらくずっとこうだ。何か悪い病気にかかったのかと思い、シアリーグに習った治癒魔術をかけてもいっこうに治らない。

何か困ったことがあればすぐシアリーグに相談してきたけれど、これぱかりは無理だった。だってシアリーグはロセルを我が子だと思って愛してくれているのに、ロセルはこんなところを熱くしているなんて——言えるわけがない。

「…ふふ…、ロセル、私の可愛いロセル…」

もじもじと腰を揺らすロセルのつむじに、シアリーグが口付けを落とす。ばれてしまったのかと不安になるが、ロセルを抱いたまま身体の向きを変えるシアリーグの手はどこまでも慈愛に満ちている。

「母上様、……どうしたの?」

「可愛い貴方が順調に成長してくれて嬉しいのです。…さあ、もっと吸って、もっと大きくなりましょうね」

「…うん…、母上様……」

差し出されたもう一方の胸に、ロセルは何のためらいも無く吸い付く。背中をあやすように撫でる手は、やがて小さな尻の輪郭《りんかく》をたどっていった。


クバードからの命令が下《くだ》された七日後、皇帝親征《しんせい》軍は帝都を出立《しゅったつ》した。ロセルも生まれて初めて柘榴宮を出され、親征軍に随行する。

「……貧弱だな」

戦死の確率が高いとはいえ、皇帝と共に出陣を許されるのは栄誉だ。お礼言上《ごんじょう》のため現れたロセルを馬上から見下ろし、クバードは鼻で嗤《わら》った。これが初めてまともに対峙《たいじ》した父子の対話だというのだから、呆れてしまう。

憤《いきどお》りは感じなかった。貧弱そうに見えるのは事実だからだ。

クバードから下賜された軍服は皇族用とあって上質の生地が使われ、皇宮専属の仕立て人が誂《あつら》えた極上品だが、寸法は細身のロセルに合っているとは言いがたく、着られているように見えてしまう。帝国古来の意匠《いしょう》も、色素の薄いロセルにはあまり似合っていない。

陛下ももう少しロセル様を思い遣って下されば…と、今朝着替えを手伝ってくれたシュクルは悲しそうな顔をしていた。いよいよロセルを送り出す時には泣き崩れてしまった。身を守るすべを持たないロセルが生きて帰ってくる可能性は零《ゼロ》に近いと、悲観しているのだ。

魔術に目覚めたことはシュクルにも伏せてきたから仕方ないのだが、悪いことをしてしまった。今までの分も合わせ、帰ったら謝らなければならないだろう。

「陛下のご恩情に報《むく》いるよう、懸命に努《つと》める所存でございます」

内心の軽蔑《けいべつ》はおくびにも出さず、ロセルは一礼した。

ふん、と尊大に鼻を鳴らすクバードは西方渡りの壮麗な鎧《よろい》に身を包み、威風堂々たる姿で血のつながりをまるで感じさせない。すでに四十代に差しかかったはずだが白髪の一本も無く、褐色の肌はつやつやとして、精力を充溢《じゅういつ》させている。ロセルの異母きょうだいが未だに増え続けているのも納得だ。

「殊勝《しゅしょう》な心がけだ。…その言葉、忘れるなよ。足手まといになろうものなら、皇子であろうと容赦はせぬゆえな」

クバードが将官たちと共に去ってゆくと、兵士たちが一頭の軍馬を引き出してきた。宵闇《よいやみ》を纏ったように見事な黒鹿毛《くろかげ》だが、苛々《いらいら》と首を振っており、見るからに気性が荒そうだ。

「陛下より第十二皇子殿下への賜《たまわ》り物でございます。これに騎乗し、軍列に加わられますように」

「この馬に……？」

戦場を駆ける軍馬《ぐんば》は敢えて気性が荒い馬が選ばれるそうだが、初陣《ういじん》で騎乗経験が皆無の皇子にはもう少し穏やかな馬があてがわれるものではないだろうか。

ロセルは不審に思ったが、すぐに察した。息子をまともに戦わせる気など無いクバードは、わざと素人の手に余る悍馬《かんば》を与えたのだろうと。

その証拠に、兵士たちは今にも暴れそうな黒鹿毛に怯《おび》えつつもにやにやしている。亡国の王女から生まれた異端の皇子が無様な姿をさらすのを、待ち構えているのだ。黒髪や褐色の髪に浅黒い肌の彼らの中では、ロセルはまるで鴉《からす》の群れに迷い込んだ白鷺《しらさぎ》のようだ。

「ヒイイイインッ！」

「うわあっ⁉」

黒鹿毛が高くいななき、棹立《さおだ》ちになった。くつわを引いていた兵士は宙に投げ出され、地面に叩きつけられる。

「おいこら、落ち着け！」

周囲の兵士たちは泡を喰ってなだめようとするが、暴れる黒鹿毛に次々と振り払われてしまう。ロセルは違和感を覚えた。いくら気性が荒くても、何もされていないのにここまで暴れるのはおかしい。

精神を集中し、魔力を若葉色の双眸に張り巡らせる。魔力を帯びた瞳は見えないものを視《み》る魔眼《まがん》と化し、ロセルに求める情報を与えてくれる。

……あの馬、脚に怪我をしているのか。

ごく小さいが、右前脚のひづめの付け根に棘《とげ》のようなものが刺さっている。人間よりも痛みに敏感な馬は棘を刺されたまま歩かされ続け、とうとう我慢の限界を超えてしまったのだ。

ロセルはすぐさま魔力の手を伸ばした。かつては匙《さじ》一本を動かすのがやっとだったが、シアリーグの指導をみっちり受けた今では自前の手足よりも素早く、そして器用に操作出来るようになっている。小さな棘一本、簡単に抜いてしまえる。

痛みの源《みなもと》が消えたことで、めちゃくちゃに暴れていた黒鹿毛は少しおとなしくなった。

「近付かないで」

ここぞとばかりに取り押さえようとする兵士たちに命じ、ロセルはゆっくりと黒鹿毛に歩み寄る。黒鹿毛は兵士たちには威嚇《いかく》するが、ロセルには攻撃しようとしない。…シアリーグの言った通りだ。野生の動物は人間よりはるかに魔力に敏感で、強い魔力を持つ者には本能的に屈服《くっぷく》するのだという。

「かわいそうに。痛かったな」

ぱん、と長い首筋に触れ、治癒の魔術を発動させる。

たちまち前脚の傷は癒《い》え、血走っていた黒鹿毛の丸い瞳から怒りが抜けていった。突然痛みと傷が消えて戸惑っているようだが、ロセルが救ってくれたことはわかるのか、長い馬面《うまづら》を擦《す》り寄せてくる。

「よしよし、いい子だ。今日からよろしくな」

任せておけ、とばかりに黒鹿毛はヒンッと機嫌良くいないた。固唾《かたず》を飲んで見守っていた兵士たちからざわめきが広がる。魔力を持たない彼らには、ロセルが荒馬を瞬時に鎮《しず》めたようにしか見えなかっただろう。

「…おい、どうなってんだ。皇子が触ったとたん大人しくなったぞ」

「あの馬、血筋はいいけど気性が荒すぎて誰も乗れないって、潰される寸前だった奴だろ？噂じゃ、陛下も乗せなかったとか」

「ろくに乗馬も習ったことが無い皇子が、一瞬で手懐《てなず》けたっていうのか…？」

兵士たちのざわめきは、黒鹿毛が自ら膝を折ったことでどよめきと化した。ロセルに乗馬の経験が無く、自力で騎乗するのは難しいと察したらしい。賢い馬だ。あるいはロセルの魔力が流れたことにより、本来の素質がさらに高められたのか。

「ありがとう。お前はいい子だな」

ありがたく背中に乗り、ぽんと首を撫でてやると、黒鹿毛はロセルが落ちないようゆっくり立ち上がる。予想よりも高い視点や揺れに慣れるまで少し時間がかかりそうだが、これならどうにか遅れず付いて行けそうだ。

「…ああ、そうだ。そこの君」

「は、はいっ⁉」

ふと思い付いて呼びかけると、黒鹿毛を引き出してきた兵士はびくんっと肩を跳ねさせた。ついさっきまでロセルの醜態《しゅうたい》を期待しにやにやしていたのに、今はまるで恐ろしい上官に呼び出されたように直立不動になっている。

「聞き忘れていたけど、この馬に名前はあるのかな？」

「……は？　いえ、特に無いと思いますが……」

「じゃあ、僕が決めても構わないか。……ノクス。お前は今日からノクスだ」

古い言葉で夜を意味する名を呼んでやると、自分のことだとわかったらしく、黒鹿毛…ノクスは嬉しそうに鳴いた。足取りは相変わらず慎重だが、いっそう軽やかになり、人間なら踊り出しそうだ。

もはや呆然自失状態の兵士たちには構わず、ロセルは将官の案内で戦列の中央あたりに加わった。やや後方にクバードとその親衛隊がくつわを並べている。さすがのクバードも行軍中から最前線へ送り出すことはしないらしい。

「……?」

ふと首筋にひやりとするものを感じて振り向くと、こちらをじっと睨むクバードと目が合った。憎々しげな眼差《まなざ》しにロセルは困惑する。父子といえどつい最近まで忘れ去られ、ろくに関わることも無かった身だ。憎まれる覚えなんて…。

――噂じゃ、陛下も乗せなかったとか。

兵士たちの噂話を思い出し、ロセルははっとした。

……噂は本当だったのか?

気難しいノクスはクバードを乗せようとしなかった。だが自分とは比べ物にならないほど貧弱で忘れ去られていた皇子には心を開き、自ら背に乗せた。それを恨まれて…いや、嫉妬されているのだろうか。

『皇帝は自分が持たないものを持つ者を、何よりも嫌っています』

いつかシアリーグもクバードをそう評していた。魔力はクバードが持たない最たるものだからこそ、魔術師の血統を絶やそうとしているのだとも。

皇帝ともあろう者がまさか、と思っていた。だがノクスをロセルに与えたのはクバードだ。ノクスは皇帝であるクバードすら乗せない荒馬だと、知っていたはずなのに。

……もしかして、棘を刺させたのは……陛下なのか？

恐ろしい想像がひらめいてしまい、背筋がぞくりとする。いくらノクスが処分寸前の荒馬でも、皇帝の所有馬なのだ。棘が刺さるような環境で世話されていたとは思えない。

だがもしもクバードがノクスに棘を刺すよう指示したのなら……暴れたノクスがロセルに大怪我を負わせることを期待したのなら……。

全身が冷たくなっていくのを感じ、ロセルはそっと胸元から銀製の護符を引き出した。紅い宝玉がちりばめられ、麦穂と松明《たいまつ》の意匠が精緻《せいち》に彫り込まれたそれは、シアリーグが出立の前日に贈ってくれたものだ。

『私の魔力と守護の術を封じ込めました。きっと貴方を危機から救ってくれるでしょう。私だと思って、肌身離さず持っていて下さい』

自らロセルの首に護符をかけてくれたシアリーグの手は震え、黒蛋白石の双眸はわずかに腫《は》れていた。ロセルの出陣を最後には認めてくれたシアリーグだが、心の中では戦場へなど行かせたくないのだろう。

『何があろうと必ず私のもとへ帰って来て下さい。それ以外は何も望みませんから』

抱き締められた腕の温《ぬく》もりを思い出すと胸が苦しくなる。今この瞬間もきっとシアリーグはロセルの無事を祈り続けているはずだ。たとえクバードがロセルを徹底的に危険にさらし、命を落とすことを期待しているのだとしても、屈するわけにはいかない。

クバードに忠誠を誓った兵士たちは、ロセルが窮地に陥っても助けてはくれないだろう。敵陣のまっただ中に放り込まれたようなものだ。

緩《ゆる》みかけていた心を引き締め、ロセルは行軍《こうぐん》を続けた。


目的地であるタハディはテトロディア帝都から東南に位置する。早馬なら一日でたどり着くことも可能だが、親征軍は大軍だ。進軍速度は遅く、途中休憩や野営を挟みながら三日をかけてようやく到達する。

「……ずいぶん溌溂《はつらつ》としているではないか」

皇帝の陣幕に呼び出されたロセルを一瞥し、クバードは面白くなさそうに吐き捨てた。クバードの予想では、ロセルは歩くこともままならないほど憔悴《しょうすい》しているはずだったのだろう。

実際、そうなってもおかしくなかった。初心者が突然長時間馬の背に揺られればそれだけで体力を消耗《しょうもう》する上、身体にも傷を負う。おまけにロセルにあてがわれた陣幕は皇族用とあって造りこそ立派だったが、毛布の一枚も与えられず、配られた水には微量ながら毒が混入され、食事は傷《いた》んでいた。ハサンあたりだったら寝込んでいたに違いない。

だがロセルには魔術とシアリーグという強い味方が付いている。そこにノクスも加われば、たいていの困りごとは克服出来てしまう。

乗馬の知識が無くてもノクスはロセルの意図を敏感に察し、その通りに動いてくれた。擦《こす》られ続けた内股《うちもも》は普通なら皮が剝《む》けてしまっただろうが、治癒の術でこまめに癒やせば問題は無い。ついでにノクスの疲労も癒やしてやったから、常に疲れ知らずで上機嫌に歩いてくれた。

水に混入された毒は、シアリーグの護符が光って教えてくれた。毒が混入されているとわかれば、解毒《げどく》の術で無毒化が可能だ。

傷んだ食事はさすがに臭いで気付いた。毒ではないので解毒の術は効かないが、ロセルはシアリーグから空間魔術も習っている。かつてシアリーグもやっていたように、魔力で作り上げた異次元の空間に好きなものを収納しておけるのだ。

ロセルはそこに、シアリーグが作ってくれた菓子や食事を相当量収納しておいた。異次元では時間の経過という概念が存在しないため、作りたての温かい食事を堪能《たんのう》出来た。夜は防寒の魔術と、シアリーグが持たせてくれたふかふかの寝具一式のおかげでぐっすりだ。

これで疲労するわけもなく、むしろ普段より運動量が増えたおかげで調子がいい気がする。

「陛下のご配慮のおかげをもちまして」

「……ふん」

一礼するロセルに分厚い唇をゆがめ、クバードは傍《かたわ》らに控えていた将官に合図した。心得た将官が黒い外套《がいとう》を纏った青年を連れてくる。

……魔術師だ！

ロセルは一目で見抜いた。青年が魔力を持つ者特有の淡い色彩——亜麻色《あまいろ》の髪と碧眼《へきがん》の主だったのもあるが、細身ながらも鍛《きた》えられた身体から強い魔力の波動を感じたせいだ。男も同じだったのだろう。端整な顔を驚愕に染め、碧眼を見開いている。わなわなと震える唇が声にならない言葉を刻んだ。…あれは…。

「こやつは魔術師部隊の長、オルハンだ」

「…オルハンと申します。第十二皇子殿下に拝謁《はいえつ》が叶い、光栄に存じます」

クバードが紹介すると、オルハンははっとしたように頭を垂れた。そこはかとなく気品の漂う仕草は、高貴な生まれ育ちを想像させる。

「これより、このオルハンと行動を共にせよ。叛徒どもに鉄槌を喰らわせる大事な戦だ。初陣でもしっかり働いてもらうぞ」

「陛下のご命令とあらば、粉骨砕身《ふんこつさいしん》する所存でございます」

「…余からは以上だ。詳しいことはオルハンに聞け」

クバードは腕を組み、尊大に首をしゃくった。

ロセルはオルハンと共に一礼し、陣幕を出る。かすかな魔力の流れを感じた直後、兵士たちのざわめきがぴたりとやんだ。

いや、ロセルたちが一時的に切り離されたのだ。オルハンの展開した結界の魔術によって。兵士たちの目にロセルたちは映らず、声も聞こえない。

「オルハン……⁉」

オルハンが突然足元にひざまずいてしまい、ロセルは慌てた。しかもオルハンの肩は大きく揺れ、嗚咽が聞こえてくる。

「よくぞ…、……よくぞ生きていて下さいました。まさか姫の忘れ形見と、生きてお目にかかれようとは……」

「……！　では貴方は、ウシャスの……」

「はい。マリヤム姫の献身により命を救われた、ウシャスの魔術師の生き残りでございます」

さっきオルハンが『マリヤム様』と口走ったように見えたのは、気のせいではなかったのだ。魔術師部隊はウシャスの魔術師たちが中核を成していると聞いたが、母を知る人物と早々に出逢えようとは。

「顔を上げて、オルハン。それじゃあ話も出来ないよ」

オルハンはなおも迷っていたが、重ねて促《うなが》すとようやく従ってくれた。ロセルを映した碧眼にじわりと涙が滲む。

「……母君に、よく似ておられる……」

「そんなに…？」

「その美しい御髪《おぐし》も瞳も、姫に生き写しでいらっしゃいます。…私はかつて宮廷魔術師としてウシャス王家に仕《つか》え、姫がご幼少のみぎりは遊び相手も務めておりました。姫の麗《うるわ》しくも凛《りん》としたお姿は、忘れようがございませぬ」

遠くを見るようなオルハンの顔には、色濃い疲労がくっきりと刻まれている。外見は二十代半ばだが、亡き母の遊び相手だったということは、実際の年齢はもっと上なのだろう。高い実力を持つ魔術師である証拠だ。

「姫の御子が金色の御髪をお持ちだと噂に聞いた時、我らウシャスの生き残りは歓喜と同時に絶望を覚えました。御髪が金色に染まるほど強い魔力の主は、導き手無しでは殻《から》を破れず、生き延びられないのですから」

「……」

「しかしいつまで経っても第十二皇子殿下逝去《せいきょ》の一報は発表されず、まことに無礼ながら我らは殿下がすでに命を落とされ、その事実すら黙殺《もくさつ》されたのかと諦めておりました」

オルハンはひたすら恐縮しているが、無理も無いと思う。ロセルは柘榴宮において…いや、皇宮全体でも忘れられた存在だったのだから。

「そこへ来て、第十二皇子殿下がタハディ親征に加わられるとの報《しら》せです。他の殿下と間違われたのかと思いましたが、そのお姿、その魔力は間違い無く姫の御子…」

オルハンは涙を拭《ぬぐ》い、まっすぐにロセルを見上げた。

「柘榴宮に導き手となりうる魔術師は居ないはず。…いったい誰が殿下の導き手を務めたのですか⁉」

「……、それは……」

シアリーグの存在を明かすべきか否か、ロセルは迷った。シアリーグが自我を持ち、自在に魔術を操ることは、今まで誰にも…シュクルにすら告げていない。

しかしオルハンは帝国人ではなくウシャス人だ。亡き母に強い恩義を覚えている彼なら、敵だらけの状況で力強い味方になってくれるかもしれない。

逡巡《しゅんじゅん》の末、ロセルはオルハンの忠義に賭けることにした。

「……妃の一人に、エレウシス王国の生き残りの王子が居るんだ。その王子…シアリーグが自分と似た境遇の僕を哀れみ、導き手になってくれた」

「何と……、あのエレウシスの⁉」

「エレウシスを知ってるの？」

碧眼を見開いたまま、オルハンは何度も頷いた。

「むろんです。エレウシスは我がウシャスと並び、魔術大国として名高かった国。かの『エレウシスの秘儀《ひぎ》』を継承してきた唯一の国でもありますから」

「『エレウシスの秘儀』？　…それはいったい？」

シアリーグからも聞いた覚えの無い言葉に首を傾《かし》げると、オルハンは教えてくれた。エレウシスの秘儀とは、エレウシスの王族に力のかけらを与えた大地の女神に祈り、無限の魔力と不老不死を賜る儀式だという。魔力を持つ権力者にとっては垂涎《すいぜん》の的だ。

「もっとも、最後に秘儀が執《と》り行われたのは、私が知る限り二百年は前のことで、現代ではほとんどすたれているようです。秘儀に伝え聞く通りの効果があったのかも、私は疑問視しております」

「…僕もそう思う」

無限の魔力はともかく、本当に不老不死になった人間が居たら、その存在は隠しきれるものではないだろう。ただの魔力を増幅させる儀式が、長い時を経《へ》るうちに大仰《おおぎょう》に語り継がれてしまった可能性の方が高そうだ。だからこそシアリーグはわざわざ話す価値も無いと判断したのかもしれない。

「かのエレウシスの王族ならば、確かに殿下の導き手も務まるでしょう。しかし……」

「何か疑問でも？」

「ウシャスはエレウシスとも親交がございましたが、私の記憶では、最後のエレウシス王の御子は王女殿下お一人のみ。王子はいらっしゃらなかったはずなのですが」

「えっ……」

だがシアリーグは父王たちと共に自害する寸前、クバードに捕らえられたはずだ。王と一緒に居た金色の髪の主が、王族ではないとは考えられない。

「…いえ…、きっと私が存じ上げなかっただけなのでしょう。何らかの事情があって、王族の存在を秘匿《ひとく》しておくのはよくあることですから。そんなことより…」

オルハンはロセルをまぶしそうに見上げた。

「シアリーグ様には心から感謝をしなければなりません。幼くしてお命を落とされるはずだった殿下を、これほど立派な魔術師に育てて下さったのですから。……これで我らも、安心して姫のもとへ参れます」

「な、…いきなり何を言い出すんだ？」

自分たちはこれからクバードの命令に従い、タハディ王宮を攻め落とすのではなかったのか。面食らうロセルに、オルハンは首を振る。

「殿下と共に出撃し、歩兵部隊が突入出来るよう王宮の防御壁を破壊せよ。それが皇帝陛下のご命令ですが、歩兵部隊の出撃は防御壁が破壊された後のことです」

「っ…、まさか陛下は護衛部隊も出さず、魔術師部隊だけで防御壁を破壊しろというのか⁉」

否定して欲しかったが、オルハンには『仰《おっしゃ》る通りです』と頷かれてしまった。

ロセルは頭を抱える。

魔術を行使《こうし》する際、魔術師はどうしても無防備になってしまう。まともな指揮官なら護衛部隊も同行させるはずだ。籠城《ろうじょう》している敵軍も当然防御を固めており、壁の上から弓矢や投石《とうせき》の雨を降らせてくるだろうから。

「ご安心下さい。我らの祖《そ》たる生命の女神にかけ、殿下だけはお守りしてみせますから」

「オルハン…っ…」

涙が滲みそうになった。クバードが残酷な命令を出した元凶は、間違い無くロセルだ。

恩人の忘れ形見であるロセルを同行させれば、オルハンたちはロセルを守るため奮戦《ふんせん》し、防御壁を早々に破壊出来る。用済みになったロセルも籠城軍の集中砲火を浴びさせ、処分してしまえる。

……させるものか！

生まれて初めて、全身を燃え上がらせるほどの強い怒りが湧き起こった。

クバードの思い通りになんてさせるものか。ロセルもオルハンたちも死なずに命令を実行し、功績を認めさせてみせる。そしてシアリーグを解放させるのだ。

「で、殿下……？」

ロセルの変化に気付いたのか、オルハンが声を震わせる。

「オルハン、貴方にお願いしたいことがあるんだ。…その後、魔術師部隊の皆のところへ連れて行って欲しい」

昂然《こうぜん》と胸を張るロセルにオルハンはつかの間見惚《みと》れ、ゆっくりと頭を垂れた。


半刻後。

ロセルはオルハン率いる魔術師部隊と共に、タハディ王宮を見上げていた。

切り立った断崖を利用して築かれた王宮は、皇帝の威《い》を示す壮麗なテトロディア皇宮と違い見るからに堅牢《けんろう》で、宮殿というよりは要塞《ようさい》だ。城の周囲は巨岩《きょがん》を積み上げた高い防御壁に囲まれており、正面から攻め落とすのは至難《しなん》の業《わざ》と思われる。

さらに防御壁の内側は通路になっており、無数に設《もう》けられた狭間《さま》から弓兵《きゅうへい》が弓を構えている。頂点にはいくつもの投石機がずらりと並び、異様な迫力を漂わせていた。不用意に接近しようものなら弓矢と巨石が雨あられと降り注ぎ、甚大《じんだい》な被害を強《し》いられるだろう。

「……よし。誰にも気付かれていないな」

魔眼で見張り兵たちの動きを確認し、目に流していた魔力を解除すると、オルハンがまじまじとこちらを凝視していた。オルハン以外の魔術師たちも、それぞれ淡い色彩の瞳を信じられないとばかりに見開いている。

「…殿下、今何をなさっていたのですか?」

「何って…魔眼で防御壁内の兵士たちの動きを確認していたんだよ。万が一敵に魔術師が居たら、計画が狂っちゃうだろ?」

ロセルたちは今、魔術で自分たちの姿を見えなくしている。これだけ接近しても、弓の一本も飛んでこないのはそのせいだ。

だが敵に腕のいい魔術師が交じっていたら見破られる怖れがあるので、念のため確認しておいた。全ての魔術師が帝国軍に吸収されたわけではなく、中には他国に逃げ延びた者も居るのだから。

「魔眼で…、……あの距離を？　それも防御壁内全ての兵士を？」

「不可視《ふかし》の術を発動させているのに？」

「な、何という……さすがは姫の魔力を継がれたお方……」

魔術師たちが驚愕と興奮の混じり合った表情でざわめく。彼らはロセルよりよほど経験豊富な魔術師だろうに、何故この程度で驚くのか。ロセルの困惑を察したオルハンがそっと教えてくれる。

「殿下。基本的に、魔術師は一度に一つの魔術しか使えません」

「え？　……そうなのか？」

「はい。付け加えるなら、魔眼の効果範囲は私でもあの岩くらいまでが限界です」

オルハンが指差した岩は、ロセルから十歩ほど離れた位置にある。オルハンでその程度なら、普通の魔術師の効果範囲はもっと狭いのだろう。

「ここまで殿下の素質を引き出されるとは。シアリーグ様はかのエレウシス王族でも、図抜けた魔力の主でいらっしゃるのでしょうね」

「あ…、ああ、うん。そうだと思うよ」

そのシアリーグは皇宮全体に魔力の網を常時巡らせ、情報収集にいそしみながらロセルに魔術を使ってみせ、料理や家事にも魔力を行使していると告げたら、卒倒《そっとう》されかねない。

……もしかしてシアリーグは……いや僕も、普通じゃないのか……?

遅ればせながら察したロセルだが、もはや無かったことには出来ない。ただでさえ熱烈だった魔術師たちの眼差しはいっそう熱量と質量を増し、ロセルの全身に絡み付いてくる。

『マリヤム姫様……!?』

オルハンに連れて行かれた魔術師部隊の陣幕で、ウシャスの生き残りたちは揃って泣き崩れた。死んだと諦めていた恩人の忘れ形見が生きて現れ、しかも恩人にうり二つの容姿と魔力の主だったのだ。熱狂する彼らに事情を説明し、協力を仰《あお》ぐのには少し骨が折れた。

『申し訳ございません。麗しく慈悲深いマリヤム姫は黄金の姫君と呼ばれ、民の敬慕《けいぼ》の的でした。我ら魔術師も、姫に憧れない者は居りませんでしたから…』

オルハンには何度も謝られたが、ロセルは少し嬉しかった。想像するしかなかった亡き母親の人となりや、周囲に慕《した》われていたことがわかったのだから。

「僕が魔眼で視た限り、見張り兵はまだ僕らに気付いておらず、敵兵の中に魔術師も居ないようだった。また、防御壁内の通路には二百人近い弓兵と投石兵がひそんでいる」

ロセルが告げると、オルハンたちは唸《うな》った。魔術師が居なかったのは朗報《ろうほう》だが、防御壁内の兵士が予想よりも多いのだ。

「二百人ですか…。おそらく反乱軍の戦力の九割近くでしょう。監視されていたタハディの元近衛軍が、それほど多く集結出来るとは思えませんから」

経験豊富なオルハンがそう評するのなら、その通りなのだろう。

ロセルは首を傾げた。

九割の兵を回せば、確かに城の防御は固くなる。だがどれほどの犠牲を出そうとも、兵力で圧倒的に勝《まさ》る帝国軍がいずれ防御壁を突破し、城内になだれ込んでくるのは明白だ。王宮内には反乱の首謀者である元国王とその家族が籠《こ》もっているはずなのに、彼らを守る兵がほとんど居ないということになる。

「……おかしいな」

「殿下?」

「僕が元国王なら、元近衛軍と合流して軟禁から解放された時点で逃げ出すと思うんだ。だってタハディは帝国に征服されてしまったんだから、援軍なんて来ないだろう? 一月《ひとつき》近くも時間があったのに、どうして逃げずに立てこもっているのかと思って」

ロセルが自分の考えを整理しながら述《の》べると、オルハンも同意してくれる。

「私もそれは疑問に思っておりました。籠城は援軍の当てがあるからこそ取る戦法ですから」

「やっぱり、そうだよね……」

逃げて再起を図《はか》る道もあったはずなのに、元国王は何を考えているのか。妙に引っかかるものを感じたが、ゆっくり検討している暇は無い。後方には親征軍の本隊が控え、クバードが突撃の瞬間を今か今かと待ちわびている。

「気になるけど…僕たちは僕たちの務めを果たそう。皆、準備はいい？」

「はっ、いつなりと」

オルハンが敬礼し、魔術師たちも続いた。

恩人の忘れ形見とはいえ、これが初陣の若造に彼らは何の不満も疑いも持たず従おうとしている。その期待と重圧に押し潰されそうになり、ロセルは軍服の上からシアリーグの護符に触れた。大きく息を吸うにつれて、心に立ち込めていた暗雲《あんうん》が晴れていく。

「では……総員、目標に攻撃開始！」

ロセルの号令に合わせ、オルハンたちは魔術を放った。いくつもの巨大な火球《かきゅう》がすさまじい勢いで飛び出し、防御壁に激突する。

ドゴオオンッ！

轟音《ごうおん》と共に巨岩が砕け散り、崩れた壁の一画から運悪くそこにひそんでいた兵士たちが落ちていった。だが防御壁と兵の大部分は健在だ。さらに火球の魔術を放ったことにより、不可視の術は解けてしまっている。

「帝国の魔術師どもだ！」

「殺せ！　何としてでも皇帝が現れるまで持ちこたえるんだ！」

「矢を打ち込め！　石を放て！」

反乱兵たちは姿を現した魔術師部隊目がけ、狭間から怒濤《どとう》の勢いで弓を放つ。防御壁の頂点からは投石機が唸りを上げ、巨石を次々と発射する。

攻撃を続ける魔術師たちは、降り注ぐ弓と巨石になすすべもなく虐殺《ぎゃくさつ》されるはずだった。ロセルが居なければ。

「…お…、おぉっ!?」

魔術師たちがどよめく。

彼らを狙った弓や巨石は、あたり一帯を覆う半球状の淡い光――ロセルが展開した結界の魔術により、ことごとく弾《はじ》き飛ばされてしまうのだ。それでいて魔術師たちの放つ火球は通すため、一方的な攻撃を可能としている。

結界の魔術は彼らも発動させられる。ただ彼らの魔力では自分一人を守るのが精いっぱいで、攻撃用の魔術と同時に使うことは出来ないため、全滅を覚悟していたのだ。

だが膨大な魔力を持つロセルなら、部隊全員を守る結界を張り続けられる。ロセルが結界を維持《いじ》する間に魔術師たちは攻撃を続け、防御壁を破壊する。それがロセルの考えた作戦だった。

……この分なら、どうにかうまくいきそうだな。

魔術師たちが攻撃に専念出来るおかげで、防御壁はどんどん崩れていく。足場を失くした反乱軍の兵たちは地面に落下し、驟雨《しゅうう》のごとく降り注いでいた矢と巨石はまばらになっていった。

防御壁を失えば、反乱軍に勝ち目は無い。このまま降伏してくれたら彼らにも、帝国軍にもこれ以上の犠牲を出さずに済む。

「……怯《ひる》むな！　侵略者どもに、皇帝に、一矢《いっし》報いずしては死んでも死に切れんぞ！」

淡い希望を嘲笑《あざわら》うかのように、崩れゆく防御壁から脱出した兵たちが集結し、一本の矢のごとく突撃してきた。ロセルたち魔術師部隊ではなく、後方に控える親征軍本隊――その中央にひるがえる、皇帝の居場所を示す柘榴の旗を目指して。

「皇帝の首を取れ！」

「裏切られた我らの恨みを思い知らせてやれ！」

ぎらぎらと血走った彼らの目には、防御壁を崩壊させたロセルたちなど映ってはいない。

ロセルは攻撃をやめさせ、オルハンたちを近くに呼び寄せる。念のため、結界は張ったまま。

「…ねえ、『裏切られた』ってどういう意味だと思う？」

反乱軍は皇帝…クバードに強い恨みを持ち、どうにか痛手を与えてやりたい様子だった。何の理由も無く侵略されたのだから当然だが、『裏切られた』という言葉には違和感を覚える。こちらはタハディの王族を生かしてやったにもかかわらず反逆されたからこそ、遠征してきたというのに。

「は…、…まるで陛下が奴らと何らかの約定《やくじょう》を交わし、それを破ったかのようだと…」

「我らも長と同感です。逃亡せず籠城を選んだのも、陛下にその恨みをぶつけるためだったと思えば納得出来ます」

オルハンの推察に、魔術師たちが同意する。ロセルの考えもほぼ同じだ。圧倒的優位のクバードが敗戦国相手に何を約束したのかまでは、とても想像出来ないが。

「叛徒どもを皆殺しにせよ！」

クバードの怒号が響いた。

前進するのは精強無比《せいきょうむひ》とうたわれる皇帝直属軍…では、おそらくない。錆《さ》びかけた武器を持ち、みすぼらしい鎧を纏った兵たちが皇帝自慢の精鋭とは思えない。行軍中も、彼らとおぼしき姿は見かけなかった。

オルハンの端整な顔が苦々《にがにが》しげにゆがんだ。

「……また、塵灰軍《じんかいぐん》が先鋒《せんぽう》か」

「オルハン、彼らを知っているの？」

「はい。彼らは我らと同じく、帝国によって滅ぼされた国々の生き残りの兵士です。帝国軍が戦闘を行う際にはほぼ彼らが先鋒を命じられます」

彼らは家族を人質に取られ、どのような命令にも逆らうことは許されない。人質となった家族は鉱山などで苦役《くえき》を強いられているという。

塵灰のごとき扱いの劣悪《れつあく》さから、彼らは誰からともなく塵灰軍と呼ばれるようになった。ろくな装備も与えられない彼らの役割は最前線で肉の壁となることと、可能な限り敵兵を道連れにすることだけ。

「……何故、そんなことを！」

ロセルには理解出来なかった。

彼らは理不尽な侵略を受け、何もかも奪われたのだ。これ以上過酷な戦いを強いる意味がどこにある？　クバードの自尊心を満足させる侵略戦争のために？

「決まっておる。勝者のため身も心も捧《ささ》げて戦うのが、敗者の義務だからよ」

「…っ…、陛下⁉」

愉悦の滲んだ声に振り返れば、近衛兵を従えたクバードが近付いてくるところだった。オルハンたちがざっとひざまずく。慌てて続こうとしたロセルを突き出した手で制止し、クバードはロセルの肩を叩いた。

父に触れられたのは、覚えている限りこれが初めてだ。軽く叩かれただけなのに、炎にあぶられたような熱と迫力に気圧《けお》されそうになる。

「奴らが死ねば帝国に逆らう者が減る。余に従順な者のみが生き残れば、それだけ帝国は栄える。……そうであろう？」

近衛兵たちから『陛下の仰せの通りにございます』『深謀遠慮《しんぼうえんりょ》に恐れ入っております』などと声が上がる。帝国貴族に生まれ、クバードによって引き立てられてきた男たちだ。クバードの言動に何ら疑問など抱かないらしい。

だがロセルは納得など出来なかった。亡国の民とはいえ、今は帝国で暮らす者たちなのだ。皇帝ともあろうものが、逆らえない者の命を惨《むご》たらしく奪うなんて——。

「お前は塵灰どもの命が惜しいようだな」

必死に表情を保ったはずなのに、数多《あまた》の臣下を従える皇帝には隠しきれなかったようだ。クバードの意図にはとうてい賛同出来ないが、機嫌を損ねるわけにはいかない。

「へ、陛下、……っ……！」

慌てて取り繕《つくろ》おうとした瞬間、置かれたままだったクバードの手がぎりっと肩に食い込んだ。激痛が走る。もう少し力を入れられたら、華奢《きゃしゃ》なロセルの肩は骨ごと砕かれてしまうかもしれない。

「ならばお前が奴らを助けてやれば良い。……第十二皇子に命じる。魔術師部隊を率い、塵灰どもに加勢せよ」

「陛下、それは……！」

オルハンが伏せていた顔を勢いよく上げるが、いっせいに抜刀《ばっとう》した近衛兵がロセルに剣先を向けると、抗議の言葉を呑み込んだ。ロセルは舌打ちをしたくなる。自分がクバードに付け入る隙を与えたせいで、オルハンたちまで巻き込んでしまった。

反乱軍と激戦をくり広げる塵灰軍は、遠目からでもわかるほどの劣勢だ。数では塵灰軍の方が有利なのに、貧弱な装備と反乱軍の異様な士気の高さのせいで押し負けてしまっている。

「憎き皇帝は目の前だ！　進め、進めぇっ！」

ひときわ立派な鎧を纏った指揮官らしき男が兵たちを激励《げきれい》している。ロセルの身の丈よりも

長い槍《やり》がぶんっと唸りながら振るわれるたび、塵灰軍の兵は一人、また一人と斃《たお》れていった。

たとえ塵灰軍が全滅しても、本隊が無傷で控えている以上、帝国の敗北はありえない。

でも……たとえクバードに命じられなかったとしても、きっと。

「……僕は、彼らを見捨てられない」

彼らとロセルは同じだ。違うのは立場だけ。どちらもクバードの暴虐《ぼうぎゃく》によって運命をねじ曲げられ、蹂躙《じゅうりん》され続けている。

「殿下……貴方は……」

「オルハン、みんな……お願いだ。僕に力を貸してくれ……！」

懇願《こんがん》したロセルの髪を、吹き抜ける風が舞い上げる。金色の髪は太陽を弾き、きらきらときらめいた。

つかの間目を奪われ、オルハンたちは感極まったように左胸を叩く。

「お任せを。…姫に救われたこの命、今は殿下のものでございます」

「……ありがとう。では……」

行くぞと号令をかけようとした時、遠くから高らかな馬蹄《ばてい》の音が聞こえてきた。

兵たちの隙間を縫《ぬ》うようにして駆けてきたのはノクスだ。防御壁の破壊任務には不向きだからと、軍営の厩舎《きゅうしゃ》に預けておいたはずなのに。

「ヒヒ、ヒヒンッ！」

ノクスは『やっと見付けた！』と言いたげにいななき、ロセルの前で膝を折った。どよめきが上がる中、ロセルはすっかり気心の知れた愛馬の鼻筋を撫でる。

「そうか、お前も力を貸してくれるのか。……ありがとう」

低くなった胴《どう》にまたがれば、ノクスはすっくと起き上がる。数多の兵が入り乱れて戦う戦場では、騎馬の方が断然有利だ。

これで生き残れる確率がより高くなった、と安堵するロセルはまだ理解出来ていなかった。皇帝も拒《こば》んだ荒馬を手懐け、乗りこなす自分が周囲にどのような印象を与えたのか。

「……っ、本陣に戻る！」

歯軋《はぎし》りをしたクバードが荒々しい足音をたてて去っていき、近衛兵たちも慌てて従った。オルハンはつかの間その背中に冷ややかな視線を送り、ぼそりと呟く。

「どちらが帝王か、わかったものではないな」

「オルハン？」

うまく聞き取れず問いかけると、オルハンは笑みを浮かべる。

「いえ、こちらのことでございます。……殿下、何か腹案《ふくあん》はおありですか？」

「うん。上手くいくかどうかわからないけど……」

ロセルが思い付いたばかりの案を説明すると、魔術師たちは戸惑いの声を上げた。

「そのようなことが可能なのか？」

「いや、殿下ならきっと…」

「だが、皇帝に命令違反を問われたら…」

ぱん、とオルハンが手を打ち鳴らすと、ざわめきはぴたりとやんだ。

「皆、何を今さら迷うことがある」

「長……」

「我らは殿下に従うのみだ。…殿下こそ我らの正統なる主君であられるのだから」

魔術師たちははっとしたように顔を見合わせた。浮かんでいた不安は消え去り、代わりに歓喜が広がっていく。

……何だ、これは……？

ひたと熱い眼差しを寄せられ、ロセルは未知の感覚に襲われた。

今までシアリーグ以外の人間に注目されることも、好意的な視線を注がれることも無かった。

…当然だ。シアリーグ以外の誰も、ロセルに期待などしていなかったのだから。

でもオルハンたちは出逢ったばかりのロセルを信じ、命まで捧げようとしてくれている。その信頼は肩が押し潰されてしまいそうなほど重たいのに、恐怖とは違う、胸が弾《はず》むような何かを感じている。

彼らの命運はロセルにかかっている。――裏を返せば、ロセルの努力次第では彼らを生き延びさせられるということだ。

「みんな、……行こう！」

「ははっ！」

ノクスを駆けさせたロセルを、魔術師たちも追いかける。一時的に身体を強化する術を使っているのだろう。常人の全力疾走《しっそう》よりもなお速く、遅れずロセルに付いて来る。

ほどなくしてたどり着いた戦場では、士気に勝《まさ》る反乱軍が塵灰軍の囲みを食い破ろうとしていた。地面には数多の兵が倒れているが、明らかに塵灰軍の兵の方が多い。

「…新手か！」

ロセルたちに気付いた反乱軍の指揮官が血まみれの槍をぶんっと振り回す。

こみ上げそうになる吐き気と怯えを無理やり飲み下し、ロセルは魔眼と無数の魔力の手を同時に発動させた。魔眼は戦場の全ての方向——人間の目では見えない後方までつぶさに捉え、魔力の手はロセルの意志に従いどこまでも伸び、反乱軍の兵の手から武器をもぎ取っていく。

「武器が…、勝手に……！」

「ど、どうなってやがるんだ⁉」

武器を失った兵たちが青ざめ、浮足立つ。魔力を持たない彼らにしてみれば、新手が突然現れ、武器が勝手に宙へ飛んでいったようにしか見えないだろう。

その隙を逃さず、オルハンが指示を飛ばした。

「今だ！　捕らえろ！」

魔術師たちがいっせいに捕縛《ほばく》の術を放つ。魔力の縄で対象を拘束する術は、一人ではせいぜい数人を捕らえるのが限界だ。しかも魔力が光を帯びて可視化《かしか》するため避けられやすい。だが武器を奪われ、狼狽する反乱軍の兵たちはあっさり捕らわれの身となった。あの勇猛な指揮官すら。

「う……、うぅ……」

かすかな呻《うめ》き声が聞こえた。ロセルがさっとノクスから降り、足元に倒れていた兵の首に手を当ててみれば、まだかろうじて脈が取れる。

……生きている。ならば……！

「何故だ……」

治癒の魔術を発動させ、兵が脇腹に負った傷を癒やしていると、指揮官がわななきながら見開いた目をこちらに向けた。

「何故その者を癒やす。その者は貴様の…帝国の敵なのだぞ…」

言われるまでもなく、タハディの鎧を纏った兵が反乱軍の兵だということくらいわかっている。タバードに見られたら反逆罪に問われてもおかしくない。…けれど。

「お前たちも、僕たちと同じだと思ったから」

「……」

痛ましそうな表情をする指揮官は、帝国軍が滅びた国々の生き残りを使い潰していることを知っているのだろう。

「それに、聞きたいこともある。…王族は全員生かされたのに、お前たちは何故反乱を起こした？　『裏切られた』とはどういう意味だ？」

「……ふ……、く、……くっ……」

指揮官は手で顔を覆い、震えながらうつむいてしまう。どこか手傷でも負っていたのかと心配になったが、よく見れば、指の隙間から覗く指揮官の顔はいびつな笑みを滲ませている。

「生かされただと？　あれが？」

「何……？」

「いいぞ、教えてやろう。貴様らの皇帝は、我が陛下を――」

何かが鋭く空気を引き裂く音がした直後、高らかに告げようとしていた指揮官の額に一本の矢が突き刺さった。

鮮血を噴き上げながら、指揮官は驚愕に目を見開いたまま倒れていく。矢が飛来《ひらい》した方向を振り返り、ロセルは息を呑んだ。軍馬にまたがったクバードが大弓を構え、鷹《たか》のように鋭くこちらを睨み据えている。

息子が襲われていると思い込み、助けるために駆け付けた？

いや、違う。クバードに限ってそんなことはありえない。クバードが予想外に活躍した息子に与えるとすれば、それは。

クバードがにいっと唇を吊り上げ、矢をつがえる。すさまじい膂力《りょりょく》で放たれた矢が自分を狙っていると気付いても、ロセルの身体は凍り付いたように動かない。

こんなところで死ぬのか……殺されてしまうのか。シアリーグを救い出せず、父親であるはずの男の手にかかって？

――ロセル！

シアリーグの叫びが頭の奥に響いた瞬間、胸元の護符が焼けたように熱くなった。

ふわりと広がった淡い光の壁がロセルを包み込む。ロセルの眉間《みけん》に突き刺さろうとしていた矢は壁に触れたとたん勢いを失い、ぽとりと地に落ちた。

「…殿下っ！」

血相《けっそう》を変えたオルハンたちがロセルを囲み、耳を振り絞ったノクスまでもが加わる。

クバードは口惜しそうに歯軋りをしていたが、さすがにこれ以上はまずいと判断したのか、構えていた弓を収めた。代わりに腰の剣を抜き、高々と掲《かか》げる。

「叛徒どもを殲滅《せんめつ》せよ！」

地鳴りのごとき鬨《とき》の声を上げながら、親征軍本隊が突撃を開始した。

それからロセルの目の前でくり広げられたのは、一方的な殺戮《さつりく》だった。

武器を奪われ、魔術で拘束された反乱軍の兵たちはなすすべも無く命を奪われた。自ら陣頭《じんとう》に立って剣を振るうクバードは、まるで悪鬼《あっき》のようだった。

あの指揮官が言おうとしていたことは、王宮が制圧された後に判明した。

「何が慈悲だ。貴様が我らを生かしておいたのは銀山の正確な位置と、採掘方法を吐かせるためだったではないか！」

クバードの前に引き出された元国王は反乱の理由を問われ、髪を振り乱しながらそうわめき散らしたのだ。

片目と片腕を失った無惨《むざん》な姿は、苛酷《かこく》な拷問《ごうもん》を受けていたことを示していた。元王族とは思えぬほどやつれ果て、ぼろぼろになった元王妃や元王子、元王女たちも同じような目に遭わされたに違いない。

「あの日、我らは牢獄から引きずり出され、貴様の兵によってなぶり殺されそうになった。近衛兵たちが助けてくれなかったら本当に死んでいた。…銀山の位置と採掘方法を教えさえすれば我らにも民にも手出しせぬという約定を、貴様は破った。反逆者は我らではない、貴様だ！」

元国王の悲痛な叫びは、ロセルの心に突き刺さった。

クバードは最初から、必要な情報を得た後は元国王たちを始末するつもりだったのだろう。

クバードの意図を察した元国王は、近衛兵とひそかにつなぎを取っていた。

案の定、情報を得たクバードは元国王たちの殺害を命じた。そこへ前々から潜伏《せんぷく》していた近衛兵たちが駆け付け、王宮に駐屯《ちゅうとん》していた帝国軍を打ち払い…反乱が勃発《ぼっぱつ》した。

だから反乱軍は逃げずに留まり、親征軍を迎え撃ったのだ。全滅を覚悟の上で、ただクバードに一矢報いるためだけに。

彼らの恨みの強さに、ロセルの心臓は鷲掴《わしづか》みにされたかのように痛んだ。

だが、クバードは彼らの憎悪すら心地よいとばかりに呵々大笑《かかたいしょう》した。

「この国はとうに余のものとなったのだ。余の国では余が法であり、大地を照らす太陽である。いかなる理由があろうと、余に歯向かう貴様らは悪逆非道《あくぎゃくひどう》の大罪人《たいざいにん》よ」

聞くに堪《た》えない下劣な言い分だと眉をひそめたのは、ロセルだけだった。居合わせた将官たちからは次々とクバードを賛美する歓声が上がり――彼らの興奮に熱された空気の中、元国王とその家族たちの首は落とされた。クバード自ら振るった剣によって。

皇帝の慈悲深さを、将官たちはこぞって褒《ほ》めたたえた。おかしいのは彼らなのか、自分なのか。むせ返りそうな血の臭いを嗅《か》ぐうちにめまいを覚え、陣幕で休んでいると、クバードに呼び出された。

自ら元国王たちに鉄槌を下した喜びゆえか、床几《しょうぎ》に腰を下ろしたクバードは上機嫌で、ついさっき我が子を手にかけようとしたことなど忘れてしまったようだった。

「第十二皇子には導き手を与えなかったはずだが、何故魔術を使えたのだ？」

開口一番浴びせられた質問は、ロセルが予想していたものだった。導き手を与えられなかったロセルが魔術を使えばクバードには必ず問い詰められるはずだが、シアリーグの存在を表沙汰《おもてざた》には出来ない。だから前もって『理由』を用意しておいた。

「魔術師部隊の長、オルハンから導きを受けました」

「何？　…だがそなたとあの者は、今回の親征で対面したばかりであろうに」

「オルハンは宮廷魔術師だったそうですから、未熟な者を導くことには長《た》けているのでしょう」

いくらオルハンが指導力に優《すぐ》れているとはいえ、たった数刻であれほどの魔術を使えるようになるものなのか。納得しかねたクバードはオルハンも呼び出して詰問《きつもん》したが、オルハンには前もって協力してくれるよう頼んである。魔術師部隊と引き合わされる前、お願いがあると言った時だ。

「第十二皇子殿下は世にもまれなる魔力をお持ちです。私がほんの少し手をお貸ししただけで、みるまに才能を開花させられました」

オルハンが如才《じょさい》なく口裏を合わせてくれたおかげで、クバードは疑問を引っ込めた。まだ腑《ふ》に落ちないようではあったが、魔力も魔術の知識も持たない身ではそんなものかと納得せざるを得なかったのだろう。

「……そうか。防御壁の破壊に、叛徒どもの拘束。そなたの功績は初陣とは思えぬほど見事なものだ」

「は……、身に余る光栄にございます」

ロセルは頭を下げつつも、警戒せずにはいられなかった。クバードが疎《うと》ましいはずの息子を素直に誉めるなんて、何か裏があるに決まっている。

だがむくむくと膨《ふく》らんでいた警戒心は、次のクバードの言葉によって消え去った。

「信賞必罰《しんしょうひつばつ》こそ我が軍の鉄則《てっそく》。そなたには功績に相応しい褒美をやらねばなるまい」

「……！　ま、まことでございますか？」

クバードが鷹揚《おうよう》に頷いたので、ロセルの心は歓喜に染め上げられた。帝国の非道を思い知らされてばかりの初陣だったが、唯一にして最大の目的は果たせるのだ。

けれどシアリーグ妃を賜りたいと願う前に、クバードはおごそかに告げた。

「第十二皇子ロセル・テトロディアを帝国軍百人隊長に任ずる。なお配下は魔術師部隊と塵灰軍をそのまま組み入れるものとする」

「おおお……っ！」

居並ぶ将官たちがどよめいた。

百人隊長と言えば相応の軍功を積んだ熟練の兵が任じられる役職であり、軍内では中堅《ちゅうけん》どころだ。皇子とはいえ、成人したての少年が就《つ》けるような地位ではない。しかもクバードが武功の褒美を皇子に与えたのは、これが初めてだ。

亡国の王女が産んだ異端の皇子。決して温かくなかったロセルに対する眼差しが、畏怖と驚《きょう》嘆《たん》を含みながら少しずつ変わっていく。

「なお、第十二皇子には皇宮の敷地内に邸宅を与えるゆえ、帝都帰還後はそちらへ移り住むように」

クバードが続けると、どよめきは陣幕の分厚いとばりを破らんばかりに大きくなった。

ありえない、破格の厚遇《こうぐう》、陛下のご恩情。あちこちから聞こえてくる囁きは事実なのかもしれない。出陣を免れたハサンと母親のエシェル妃が知れば、嫉妬の炎を燃やすだろう。

だがロセルの心を満たすのは絶望だった。ロセルが望む褒美はただ一つ、シアリーグだけだ。

それにしてやったりと言わんばかりのクバードの表情からは、嫌なものしか感じられない。

「……殿下」

呆然とするロセルの背中をオルハンがそっと叩いた。…そうだ。どんなに不満でも、皇帝からの褒美は喜んで受け取らなくてはならない。不満を悟《さと》られてはいけない。

「陛下のありがたきご恩情、第十二皇子ロセル、慎《つつし》んで頂戴《ちょうだい》いたします」

ロセルはひざまずき、深く頭を垂れた。

タハディからの帰還後、ロセルはクバードに下賜《かし》された邸宅へ入った。柘榴宮《ざくろきゅう》に立ち寄ることは許されなかった。

「ロセル様……、よくぞご無事で！」

広い邸宅の玄関で出迎えてくれたのは、歓喜の涙を流すシュクルだった。ロセルが柘榴宮からこの邸宅へ移る旨《むね》は早馬で知らされたため、シュクルは迷わず柘榴宮の侍女を辞め、新たな邸宅の使用人として邸内を整えておいてくれたのだという。

「心配させてしまってごめんね、シュクル。…でも、良かったの？　柘榴宮を辞めてしまって」

柘榴宮はシュクルが生まれ育った実家よりも長く過ごした場所だ。居心地が悪くとも思い入れはあったはずなのに、良かったのだろうか。

シュクルは手巾《しゅきん》で涙を拭《ふ》き、何度も頷いた。

「ロセル様にお仕《つか》えすることがマリヤム様との約束で、私の生き甲斐《がい》でもありますから。……それに正直なところ、今の柘榴宮には居たくないのです」

「…僕が居ない間、何かあったの？」

まさかシアリーグの身に危険が及んだのでは。直接聞けないもどかしさを噛み締めながら問えば、思いがけない答えが返ってくる。

「実は――第十三皇子殿下とその母妃様《ははきさき》が処刑されました」

「な…、ハサンとエシェル妃が⁉　いったい何故《なぜ》…」

あの母子にはロセルと違い、富豪の実家という強い後ろ盾《だて》がある。エシェルもクバードの寵《ちょう》愛《あい》を得ていた。多少クバードの機嫌を損ねた程度でかつての歌姫のように罰を与えられることは無いだろうし、ましてや処刑など考えられない。しかもクバードは遠い戦地に居《お》り、機嫌の損ねようが無いはずだ。

「あれはロセル様が出陣されてから、四日ほど後のことでございます…」

呆然と立ち尽くすロセルに、シュクルは怯《おび》えの滲《にじ》む声で語ってくれた。

まんまと出陣を免《まぬが》れたハサンとエシェルの母子は、連日華やかな宴を催《もよお》していたそうだ。問題が起きたその日は実家から特別に評判の歌劇団を派遣させ、仲の良い妃たちも招き、それは賑々《にぎにぎ》しく盛大な宴だったという。

柘榴宮は職人を除き男子禁制のため、歌劇団の団員は歌い手から踊り手、奏者《そうしゃ》に雑用係にいたるまで全員が女であるはずだった。それは歌劇団が柘榴宮に入る際、役人がしっかりと検《あらた》めている。

しかし宴の夜が明け、酔ったまま眠ってしまった妃たちが異様な声で目を覚ますと、全裸の男とエシェルがまぐわっている最中だった。

男子禁制のはずの柘榴宮に男が入り込み、皇帝の妃と情を交わす。ありえない光景に妃たちは悲鳴を上げ、駆け付けた役人はエシェルと男を引き離そうとしたのだが、エシェルは男にしがみ付いて離れようとしなかったそうだ。

目撃したのがエシェル付きの侍女と役人だけなら、もみ消せたのかもしれない。

だがどれだけ仲が良くとも妃はクバードの寵愛を争う敵であり、彼女たちは厄介《やっかい》な競争相手を排除出来る好機を見逃さなかった。エシェルの密通はまたたく間に柘榴宮じゅうに知れ渡り、さらには紅炎宮《こうえんきゅう》、そして遠征中のクバードのもとへ早馬で報告されたのである。

『私は陛下を裏切ってなどおりません！　気付いたらあの男が忍び込んでいたのです！』

我に返ったエシェルは必死に弁明したが、彼女が自《みずか》ら男とまぐわっていたところは多くの者が目撃している。誰も——むろんクバードも信じず、妃の裏切りに怒り狂ったクバードは処刑を命じた。エシェルと相手の男だけではない。息子のハサンとエシェルの実家の一族、及び歌劇団の全員だ。

クバードの命令は柘榴宮を驚愕させた。

不義密通《ふぎみっつう》は大罪である。エシェルと相手の男が処刑されるのは当然だ。実家の一族と歌劇団も仕方が無い。相手の男は歌劇団の大道具にまぎれて役人の検めを通過したと判明しており、その歌劇団を派遣したのはエシェルの実家だったからだ。孤閨《こけい》に耐えかねたエシェルが実家にねだり、実家は歌劇団を隠《かく》れ蓑《みの》に間男《まおとこ》を送った。そう判断された。

しかしハサンはクバードの息子、皇族である。罪人の子として処分を受けるのは避けられないとしても、せいぜい帝位継承権剝奪《はくだつ》の上、辺境の神殿にでも押し込められる程度だと思われていた。まさか処刑を命じられるなど、エシェルの罪を糾弾《きゅうだん》した妃たちすら予想していなかったのだ。

これにはクバードの信奉者《しんぽうしゃ》である将官たちも、さすがに異議を唱《とな》えたらしい。だがクバードは決定をくつがえさなかった。

『余《よ》の居《お》らぬ間に他の男を咥《くわ》え込むような女だぞ。ハサンとて余の子とは限らぬ』

――なるべく惨《むご》たらしく殺せ。そしてその様を、妃どもにも見せ付けよ。二度と密通など考えぬようにな。

クバードの指示通り、ハサンとエシェルたちの処刑は栢榴宮の中庭で行われた。一息には死ねぬよう医師付き添いのもと四肢《しし》を切断され、あまりの苦痛に『殺してくれ』と懇願《こんがん》し、さんざんのたうち回ってからようやく首を落とされた彼らを、妃たちは最後まで見届けることを強《し》いられたという。

「……それからというもの、栢榴宮は火が消えたように静まり返っております。エシェル妃様の宴に招かれていたお妃様がたは、悪夢にうなされ衰弱なさり、寝たきりになられたお方もおいでで……」

「何て惨い……」

話を聞いただけのロセルでも吐きそうなのだ。処刑の一部始終を見届けさせられた妃たちは一生、悪夢にさいなまれることになるだろう。

……まさかハサンが処刑されるなんて。

半分血はつながっていても、仲良くした記憶など無い弟だった。幼い頃はしょっちゅう虚仮《こけ》にされた。だが死んで欲しいと思ったことは無い。出陣を免れ、死なずに済むと喜んでいただろうに、こんな形で命を失うなんて。

何よりロセルの背筋を寒くするのはクバードだ。寵妃《ちょうき》と息子の処刑を命じておきながら、意気揚々と反乱軍を蹂躙《じゅうりん》していたクバードの気が知れない。いや、寵妃と息子に裏切られたその怒りを反乱軍にぶつけたのか。ロセルに矢を射かけたのも、苛立ちを発散するためだったのかもしれない。

……シアリーグは大丈夫だろうか。

魔術があるから無理やり処刑を見せ付けられることは無かっただろうが、優しく繊細《せんさい》なシアリーグは処刑の気配だけでも傷付き、臥《ふ》せってしまったかもしれない。

知りたい——会いたい。

無事な姿を見せ、安心させてやりたい。泣いて喜んでくれるだろうシアリーグに抱き締められ、温かい胸に顔を埋《うず》めたい。

そして邪魔な衣服など脱いで、あらわになった胸の肉粒を好きなだけしゃぶって吸い上げて、いい子いい子と撫でてもらって……。

「……ロセル様、お顔の色が悪いですね。どこかお怪我でもなさったのではありませんか？」

心配そうに顔を覗き込まれ、ロセルは慌てて首を振った。

「どこも怪我はしていないよ。まさかハサンがそんなことになるなんて、思わなかったから…」

「ありようなお方でもご兄弟だったのですから、無理もありません。戦と旅のお疲れもおありでしょう。夕餉《ゆうげ》まで少しお休み下さい」

シュクルは二階の奥にある主人用の寝室へロセルを連れて行ってくれた。大きな寝台と趣味のいい調度が置かれたそこだけでも、ロセルが柘榴宮で暮らしていた部屋と同じくらいの広さがある。

「先々帝のご寵姫様が賜《たまわ》られたそうで、本当に素晴らしいお邸《やしき》なのですよ。お目覚めになったら改めてご案内しますね」

ロセルが寝台に入ったのを見届けると、シュクルは見たことが無いほど晴れやかに笑いながら出て行った。主人が皇帝に認められ、出自《しゅつじ》に相応しい地位と屋敷を与えられたことがよほど嬉しいのだろう。

最高級の綿を惜しみ無く詰めた寝台には絹の敷布がかけられ、柘榴宮で使っていた寝台よりもはるかに寝心地がいい。シュクルに指摘された通り、身も心もひどく疲れている。

普通ならすぐにでも眠りに落ちてしまうだろうに、いつまで経っても睡魔は訪れてくれなかった。頭と身体の芯がずきずきと疼《うず》いている。

「シアリーグ……」

会いたくてたまらない人の名を呼べば、股間《こかん》がどくんと脈打った。

恐る恐る下穿《したば》きの中に手を入れ、ロセルは硬直する。膨張《ぼうちょう》した肉茎《にくけい》が燃え上がりそうなほど熱く、そして硬くなっていたせいで。

「……な、なんで？」

今までもそこが熱くなったことはあった。しばらく放っておけばやがて元に戻ってくれたのだが、今は自分の指先が触れただけでむくむくと質量を増しながら反《そ》り返り、鎮《しず》まってくれそうにない。しかもほんの少しずつ、先端から液体が染み出てくる。

まさか失禁《しっきん》か。羞恥《しゅうち》で顔が真っ赤になったが、こわごわ濡れた指先の匂いを嗅《か》いでみると、そうではなさそうだ。

ではいったい、何なのだ？　…ロセルの身体に、何が起きている？

「…シアリーグ、……シアリーグぅ……っ…」

心細くてたまらなくて、甘ったるい声で助けを求めてしまう。

柘榴宮を出されてしまったロセルは、皇帝の妃であるシアリーグとは二度と会えないのに。きっと生きて帰ると、シアリーグを自由にすると約束した出陣前のあの日が、最後の逢瀬《おうせ》だったのに。

「……私の可愛いロセル」

二度と聞けないはずの優しい声が薄闇に溶け、しっとりとロセルの耳に染み込んだ。

ロセルはきつくつむっていた目をはっと見開き——息が止まりそうになる。会いたくてたまらなかった美しい人が、寝台のかたわらにたたずんでいたから。

「シア……リーグ……？　どうして……もしかして僕、夢を、見てる……？」

「いいえ、ロセル」

微笑《ほほえ》むシアリーグの姿がかき消えた。強い魔力の波動を感じた次の瞬間、シアリーグはロセルの隣に腰を下ろし、寝乱れた頭を撫でてくれる。

「夢ではありませんよ。私は貴方《あなた》の傍《そば》に居ます」

「あ…、……あ、あ、ああ……っ…！」

ロセルはがばりと起き上がり、シアリーグの胸に飛び付いた。焦《こ》がれ続けた甘い魔力の匂いを嗅いだとたん生まれた衝動を抑《おさ》えきれなくなり、上衣《じょうい》の紐《ひも》を解《ほど》くのももどかしく、さらけ出された裸の胸にしゃぶり付く。

心配させてごめんなさい。

会いたかった、会いたかった、会いたかった——寂しくてたまらなかった。

伝えたいことは次から次へと溢れ出てくるのに、久しぶりのそこをちゅうちゅうと吸い上げるのをやめられない。

「大丈夫、わかっていますから」

「ん…、んっ、うっ、ん…」

「私のために命懸けで戦ってくれたのですね。私に会いたいと、ずっと泣いていたのですね。……かわいそうに」

貴方はこんなに可愛い、いい子なのに。

甘く慈愛に満ちた囁きに涙が溢れ、止まらなくなる。シアリーグは泣きながらも胸から離れようとしないロセルの頭や背中を愛《いと》おしそうに撫で、いい子、いい子とさえずり続けてくれる。

胸に吸い付いたまま視線を上げれば、焦がれてやまなかった黒蛋白石《ブラックオパール》の双眸に泣きじゃくる自分が映っていた。二度と拝《おが》めないはずだった、この世の何よりも美しくきらめく宝石。

「……母上、様……」

「はい、ロセル」

「母上様、母上様、……母上、様…っ…」

えぐえぐと泣きながら、無心に胸を吸い続けるロセルを撫でてくれる手はどこまでも優しい。なのに忘れかけていた股間の疼きを感じてしまい、ロセルはびくんと背を震わせた。

「…どうしました、ロセル？」

どうかシアリーグにはばれませんようにと祈ったのもむなしく、気遣わしげに頬を撫でられた。うまい言い訳が思い付かずぶるぶる震えていると、シアリーグの手が背中から脇腹をたどり、股間に触れる。

「あ……っ！」

やんわり触れられただけなのに、痺《しび》れにも似た強い感覚が全身を駆け巡った。

はあはあと荒い息を吐きながらロセルは涙を流す。きっとシアリーグは気付いてしまっただろう。念願の再会を果たしたばかりにもかかわらず、あさましくも勃起してしまった肉茎に。

「ああ、ロセル……」

シアリーグに嫌われたらどうしよう、と泣いていると、優美な外見にそぐわぬ膂力《りょりょく》で身体を持ち上げられ、向かい合う格好でシアリーグの膝に乗せられた。脚衣《きゃくい》の上からでもわかるほど膨《ふく》らんだ股間を、優しく撫でられる。

「私のロセル。貴方は大人になったのですね」

「大人……？」

ぱちぱちと目をしばたたくロセルに、シアリーグは教えてくれた。肉茎が膨らみ、熱くなるのは男なら誰でも経験する現象で、大人の男になった印でもあるのだと。

「……じゃあ、母上様も？」

病気ではないとわかって安心したら、別のことが気になった。

常に楚々《そそ》として優雅なシアリーグも、ロセルのように熱くなった股間を持て余すことがあるのか。シアリーグが白い柔肌《やわはだ》をほのかに染めて悶《もだ》える姿を想像すると、何故かぞくぞくしてしまう。

「ええ、もちろん。私も男ですから」

「……あ、…っ…」

そっと触れさせられたシアリーグの股間はロセルと同じくらい熱く、ロセルはぶるりと腰をわななかせた。

「貴方とこうしているからですよ」

「…ぼ…、僕、と……？」

「ここが熱くなるのは、この世で最も愛《いと》しい人を欲《ほっ》する時だけですから…」

シアリーグの美貌にふっとよぎった微笑みはいつものように甘くなまめかしいのに、何故かロセルの心臓はどきんと高鳴った。触れさせられたシアリーグのそこを恐る恐る握り、その硬さと大きさにびくっとしてしまう。

「母上様の……、僕のより、おっきいよ……」

「それだけ貴方を愛しく思っている証《あかし》ですよ。私の可愛い、たった一人の子……私が貴方を大人にしてあげますからね」

シアリーグはロセルをあお向けで寝台に寝かせ、ふわりと覆いかぶさってきた。宙に舞った金色の髪が翼のようだ。うっとり見惚れるロセルの脚衣を下穿《したば》きごと手早く脱がせ、シアリーグは反り返って震える肉茎を優しくてのひらに包み込む。

「可愛い……」

「……あぁ…っ……！」

ほんの少し力を入れて扱《しご》かれるだけで、初心《うぶ》な肉茎はたちまち張り詰めていった。

肉茎と心臓が一緒にどくんどくんと脈動するたび、熱い血と未知の感覚が全身を駆け巡る。ぬちゅぬちゅと粘《ねば》ついた音に耳をむしばまれそうになる。いつもロセルの頭を撫でてくれた白い手が、今は肉茎から垂れた液体に濡れ、ロセルの一番恥ずかしいところをたんねんに愛《め》でている。

「ひ、……っあ、あ、母上様、何か、何か出る…出ちゃうっ…」

「いっぱい出しなさい。……大丈夫、私が付いています。どこまでも一緒ですから……」

「あ…ぁっ、あ、ああー……っ！」

目の前にいくつもの閃光《せんこう》が弾《はじ》け、視界を埋め尽くした瞬間、ロセルの肉茎は白い奔流《ほんりゅう》をほとばしらせた。

蜜《みつ》にも似たとろみのあるそれを残らずてのひらで受け止め、シアリーグはふうふうと息を継ぐロセルの額や頬、唇に口付けを落としていく。

「よく頑張りましたね、ロセル」

「…はは、…うえ、さま…、今のは…」

「貴方の子種です。女の腹であれが芽吹けば、子が生まれます」

女ばかりの柘榴宮で暮らしていたのだから、クバードの子を孕《はら》んだ妊婦は何度も見たことがある。赤子はそこから生まれてくることも、妃が腹を大きくするにはクバードと閨《ねや》を共にしなければならないこともわかっている。

けれど妃と皇帝が閨で具体的に何をしているのか、どうやって子を作っているのかまでは知らなかった。肉茎からほとばしったあの白い蜜…子種を女の腹で芽吹かせるなんて、いったいどうすればいいのだろう。

「何も心配しなくていいのですよ」

シアリーグは身を起こし、てのひらにべっとりと付着したロセルの子種を舐《な》めた。紅く長い舌を見せ付けながら、ねっとりと――蠱惑的《こわくてき》な眼差しをロセルに据《す》えたまま。

「貴方が女を孕ませる日など絶対に訪れない。貴方の子種はこの私が全て…一滴残らず啜《すす》ってあげますから。それともロセルは、私以外の女に子種をやりたいですか?」

「う…、ううん! …シアリーグが…母上様がいい。母上様じゃなきゃ嫌だ」

ロセルはふるふると首を振った。やり方はわからないけれど、女に子種を与えるには、さっきみたいに痴態《ちたい》をさらさなければならないのだろう。あんな姿、シアリーグ以外には絶対に見せたくない。

「……でも、母上様は?」

ようやく動けるようになった身体を起こし、半裸の胸にぎゅっとしがみ付けば、シアリーグは戸惑いながらも抱き返してくれる。

「私……、ですか?」

「うん。だって、母上様もここが熱くなって、子種が出るんでしょう? ……母上様は、僕以外に子種をあげるの?」

存在を隠しているシアリーグがロセル以外と関わることなんてありえないのに、自分ではない誰かに肌をさらすところを想像するだけで胸が痛くなってしまう。

この美しい人を誰にも渡したくない。可愛がられていいのはロセルだけだ。ロセルの焦燥は重なり合う肌から魔力を通じ、シアリーグに流れ込んでいく。

「……ロセル、可愛い可愛いロセル……！」

項垂《うなだ》れていた顔を上げさせられたかと思えば、熱い唇を重ねられた。驚きに開いた口の隙間から、肉厚な舌がぬるりと入り込んでくる。

数え切れないほど唇を重ねてきたが、舌と舌を絡ませ合うのにはいまだに慣れない。喰われてしまいそうで少し恐ろしいのに、優しく導かれるうちに腹の奥がじわじわ熱くなってきて、いつしかロセルは自らシアリーグの舌を貪《むさぼ》っていた。唾液《だえき》に混じって口内に染み渡る魔力が、心地よくてたまらない。

「…この私が、貴方以外の子に子種をあげるわけがないでしょう…？」

シアリーグは黒蛋白石の双眸を妖しく細めながら唇を離したが、ついさっきまで絡み合っていた舌はロセルのすぐ近くにある。

まだ吸い足りなくて舌を伸ばせば、背中を撫で下ろしたシアリーグの手が尻のあわいへ忍び込んでいった。

「……やっ、あ、あっ……」

「いい子のロセル。…私の子種を、もらってくれますか？」

蕾《つぼみ》を探られる感覚に戸惑いつつも、ロセルはこくこくと首を上下させた。促《うなが》されるがままシアリーグの膝に向かい合わせで乗ると、シアリーグが自分の脚衣をずらし、下穿きを取り去ってくれる。

「あ…ぁ、母上様……」

現れた自分のものより一回り以上大きなシアリーグの雄に、ロセルは驚愕と、同じくらいの喜びを味わった。

幼子の腕ほどありそうな肉茎やずっしりと重たげな双つの嚢《ふくろ》は、指先から爪先《つまさき》まで清楚《せいそ》で美しいシアリーグの一部とは思えないほど生々しく強烈な存在感を放っている。それが熱を孕み、猛々《たけだけ》しく反り返っているのは、ロセルが欲しいと…ロセルをこの世で最も愛しく思ってくれているからこそなのだ。

「母上様、…僕も…」

――この世で一番愛してる。

強い思いを込め、ロセルはシアリーグの肉茎を両手で包んだ。焼けてしまいそうな熱さにおののきながらも、必死にさっきのシアリーグの手の動きをなぞっていく。

「……は……ぁ、ロセル……」

紅い唇から悩ましく甘い声が漏れる。

黒蛋白石の双眸は潤《うる》み、ほんのりと色付いた白い肌はいつもと違う甘い匂いと色香を漂わせている。あのシアリーグを乱れさせているのだと思うと背筋が痺れるような悦《よろこ》びがこみ上げてきて、ロセルは夢中になって肉茎を扱きたてる。

「貴方は…、可愛すぎる…」

「あっ……」

熱い息を吐き、シアリーグがロセルの肩を強く吸い上げた。ちりっとした痛みは、紅い舌にねっとりと舐められたとたん快感に変わる。

「可愛くて、可愛くて可愛くて可愛くて」

「あ、あっ、は、…は、うえっ…」

「ああ、……私は、……私は…っ…」

沸き上がる何かを堪《こら》えるように身を震わせながら、シアリーグはロセルの肩や首筋を執拗《しつよう》に吸い上げていく。食べてしまいたいと言わんばかりの性急な動きはシアリーグらしくないが、それだけロセルを愛しく思っていてくれることが伝わってきて、ロセルの胸は弾《はず》む。

「…あ…っ！　あ、ああ、や…ぁっ…」

尻のあわいに入り込んできた指にまた蕾を愛でられるのかと思ったら、長い指はずぶずぶとその奥へ沈んでいった。誰も…ロセル自身すら触れたことの無い身体の内側に、シアリーグが触れている。

「っ…、だ、駄目…！」

激しい羞恥にいやいやと首を振れば、シアリーグは濡れた眼差しを合わせてきた。

「何故？　…私に触れられるのは、嫌なのですか？」

「嫌じゃ…、ないけど、でも、そんなところ、汚い…」

「私のロセルに汚いところなどありませんよ。貴方が愛しいから、貴方の中も可愛がりたいだけなのです。…いけませんか？」

悲しげに問われ、駄目だなんて言えるわけがない。ロセルは首を伸ばし、シアリーグの唇に自分のそれをちゅっと押し当てる。

「…なら、いいよ」

本当は恥ずかしくてたまらないけれど、シアリーグが望むなら…ロセルを可愛がってくれるのなら。

触れ合った唇から魔力を通して気持ちを伝えると、肉厚の舌が入ってきた。

迷わず舌を絡み合わせれば、今度はシアリーグの感情が流れ込んでくる。可愛い、可愛い、愛しい。溢れんばかりの愛情はロセルを酔わせ、満たしていく。

「……ん……、う、んぅっ……」

今度こそ離れたくないというロセルの願いも、シアリーグには伝わったらしい。懸命に舌をうごめかせるロセルの頭をシアリーグが支えてくれる。もう一方の手は指の数を増やしながら、ロセルの中をくちゅくちゅとかき混ぜていた。

……すごい、おっきく、なってる……。

激しく口内《こうない》を貪られているせいで見ることは出来ないが、シアリーグの肉茎はもはやロセルのてのひらには余りそうなくらい膨らみ、どくんどくんと脈動を伝えてくる。ついさっきロセルが感じたあのえもいわれぬ感覚を、シアリーグも味わっているのだ。

ならばきっと、子種を出したくてたまらなくなっているはず。ロセルも早くシアリーグの子種が欲しい。

——母上様、お願い。早く母上様の子種をちょうだい。

魔力に願いを乗せると、手の中の肉茎がぐんと膨らんだ。驚きで放してしまいそうになり、慌てて握り直すと、ぶるんと胴震《どうぶる》いしたそれは弾け、おびただしい量の子種を発射する。

……あ、つい、……熱い……。

小さな手にはとうてい受け止めきれなかった子種は、ロセルの胸や首筋にまで飛び散った。濡らされる感覚にロセルはぞくぞくと身を震わせ、根元まですっかり腹の中に入り込んでいたシアリーグの指を食《は》み締めてしまう。

「…う…、んっ、う、んぅっ……」

上からのしかかるようにして唇を貪られ、長い舌に喉奥を探られながらぐちゅぐちゅと腹を突き上げられると、まるで身体の中が全部シアリーグに埋め尽くされたようで、ロセルは頭がくらくらするほどの歓びを噛み締める。

——母上、様……。

薄くかすみがかかっていく意識の中、ロセルは必死にシアリーグの首筋に腕を回す。

——どこにも行かないで……ずっと僕のそばに居て……。

もちろんだと応《こた》えるように口付けが激しくなる。夢中でしがみ付いているうちに、ロセルの意識は闇に包まれていった。


ひらひら、ひらひら。

青白い光を纏《まと》った蝶《ちょう》が飛んでいる。何羽も何羽も、凛《りん》と背筋を伸ばしてたたずむ麗人《れいじん》を慕《した》うかのように。

……ああ、シアリーグ……。

蝶に纏わり付かれ、ふわりと微笑むシアリーグは女神のように美しい。見慣れたロセルさえ溜息が漏れてしまうほどに。

『何故だ。せっかく出陣を免れたのに、どうしてこの私が、あんな死に方を』

薄闇のしじまを揺らしたのは、神秘的な光景に似つかわしくない低く憎々しげな少年の呻《うめ》きだった。どこかで聞き覚えがある声なのに、いくら記憶を探っても思い出せない。

『…あんな男なんて知らない。勝手に紛《まぎ》れ込んでいたのよ。この私が、下賤《げせん》の男と密通なんてするわけないじゃないの！』

今度は女性の声だ。これもどこかで聞いた覚えがあるが、やはり思い出せない。

『お妃様の間男だって？　冗談じゃない。俺は下《くだ》され物の酒を飲んで寝てただけだ。なのに気付いたらあの女と…ああ、どうしてただの下《した》っ端《ぱ》役者がこんな目に遭うんだ…』

泣き喚《わめ》くのは知らない声だが、たぶん若い男だろう。…出陣を免れたのに死んだ少年、下賤の男と密通した女性、妃の間男になった役者。どこかで聞いた話だ。とても大切な、そして惨い話だ。

ロセルはばらばらの記憶をつなぎ合わせようとするが、その前にシアリーグが右手を高々と掲《かか》げた。閃光が弾けた瞬間、蝶は砕け散っていく。薄い硝子《ガラス》が割れるような高い音をたて、無数の光の破片と化して。

『あ、ああっ、嫌だ、嫌だ嫌だ、地獄へ堕《お》ちるのは嫌だっ』

『私は皇帝の寵妃なのよ。陛下…お助け下さい、陛下！』

『どうして俺が、どうして俺がぁぁぁ…っ…』

少年と女性と若い男、そして無数の人間の悲鳴が混ざり合い、おどろおどろしい獣の咆哮《ほうこう》のごとく響き渡る。ロセルは耳をふさぎながらも、降り注ぐ光の破片を見上げるシアリーグの神々《こうごう》しい美貌に見入らずにはいられなかった。

…そうして、何も考えられなくなった。

闇に沈んでいた意識がふっと浮上する。

懐かしくも甘い匂いに惹かれ、重たいまぶたをゆっくり開ければ、額に優しい口付けが落とされた。

「…母上、…様っ…！」

喉がからからに渇《かわ》いている。咳《せ》き込みそうになるのを堪《こら》え、ロセルは自分を抱き込んでくれているシアリーグの胸にしがみ付いた。顔を埋め、甘い匂いを吸い込んでいると、ぽんぽんと背中を叩かれる。

「どうしましたか、ロセル。怖い夢でも見たのですか？」

「怖い、夢……？」

ロセルはつかの間記憶をたどり、緩慢《かんまん》に首を振った。

「違う。…母上様の、夢」

「まあ……私の？」

「うん。母上様が、女神様みたいに綺麗で……きらきら、きらきら光っていて……どこか、僕の手の届かないとこへ行っちゃいそうだった……」

「……可愛いロセル。私のロセル。夢の中でも私に会っていてくれたなんて……」

シアリーグはぎゅっとロセルを抱き締め、互いの脚を絡める。じかに感じる温《ぬく》もりが、二人とも生まれたままの姿だと教えてくれる。

「貴方を置いて、私はどこにも行きませんよ。この屋敷にも、こうしてちゃんと会いに来たでしょう?」

そう言われ、ロセルはここが新しく移り住んだばかりの邸宅の寝室だとようやく思い出す。

「母上様、どうやってここへ？　…不可視《ふかし》の術を使ったの?」

「いいえ。瞬間転移の術を使いました」

「瞬間転移……⁉」

ロセルは驚きのあまりがばっと顔を上げた。

瞬間転移の術は空間魔術に属する術だ。ロセルも存在だけは知っているが、高魔力保有者でなければまともに発動すら出来ないため、遠い昔にすたれてしまったとシアリーグは言っていたはずだ。

「貴方が出立《しゅったつ》してからずっと探していたのです。どれだけ離れても貴方と離れずにいられる方法を」

「まさか……それで瞬間転移の術を、新しく創《つく》り出したの?」

新たな魔術を創り出すのは、既存の魔術を習得する何百倍も難しい。それもシアリーグが言っていたことのはずだ。

シアリーグは微笑み、ロセルの頬に口付けた。

「貴方に再び会うためならばこの程度、苦労のうちにも入りません」

「…は…、母上様…」

「苦労をしたのはロセル、貴方の方でしょう。……本当に、よく生きて帰ってくれました」

「母上様ぁ……！」

シアリーグに乞われるがまま、ロセルは帝都を出立してからの出来事をつぶさに話していった。ロセルの背中をさすりながら相槌《あいづち》を打っていたシアリーグは、全てを聞き終わると、深い溜息を吐く。

「初陣《ういじん》の皇子に、皇帝はなんという酷《こく》な真似を……」

「母上様の護符が助けてくれたよ。それにオルハンたちも協力してくれたし」

クバードの命令により、これからオルハンと塵灰軍《じんかいぐん》の兵たちはロセル直属の部下になる。そう告げると、シアリーグは眉宇《びう》を曇《くも》らせた。

「ウシャスの魔術師部隊と、亡国の生き残りたちですか。…皇帝はよほど貴方を排除したいようですね」

「僕を……？」

「魔術師部隊も塵灰軍も、戦となれば真っ先に最前線へ送られます。これからは貴方もまた彼らの上官として出陣しなければなりません」

そこまで説明されればロセルにも察しがついた。

クバードは亡国の生き残りたちと共に、ロセルを殺してしまいたいのだ。武功《ぶこう》をたてた皇子をハサンのように処刑することは不可能だが、過酷な戦場へ送り込んで死なせることは出来る。配下を潜入させ、戦死と見せかけて殺すことも——。

「心配しないで、ロセル。貴方を絶対に殺させはしません。何があろうと私が守りますから」

ぶるりと震え上がった身体にあたたかな魔力が流れ込み、怖気《おじけ》づく心を癒《い》やしてくれる。確かに瞬間転移の術を習得した今のシアリーグなら、ロセルがどこに居ようと駆け付け、守ることが可能だろう。…でも。

「ごめんなさい、母上様」

「…何故謝るのですか？」

「僕、功績を立てて、褒美《ほうび》に母上様を賜《たまわ》るつもりだったのに……出来なかった……」

身分がクバードの——祖国と家族の仇《かたき》の妃のままでは、自在に外へ出ることが出来ても、シアリーグは囚《とら》われの身も同然だ。

クバードとは何の関わりも無い一人の人間として、堂々と外を歩かせてあげたかった。…たとえ名目《めいもく》だけでも、シアリーグがクバードのものだなんて我慢ならなかった。

「いじらしいことを……」

じくじくと痛むロセルの心からにじみ出る情けない感情は、魔力で通じ合うシアリーグには伝わってしまう。

「貴方が無事に帰って来て、大人になった姿を見せてくれた。私にとってはそれが最高のご褒美です」

「は…、母上様……」

毛布の中でそっと肉茎を握られ、昨夜の記憶が鮮やかによみがえる。身体の中まで可愛がられ愛された、めくるめく幸せな記憶…。

「……あ……」

ロセルもおずおずとシアリーグの肉茎を握り返すと、それは昨夜と同じくらい熱く滾《たぎ》っていた。ふふ、とシアリーグは笑い、自分の肉茎とロセルのそれを重ね合わせ、ロセルの手ごと握り込む。

「いい子のロセル……一緒にいきましょう……」

「あ、あっ、母上様、……母上様あっ」

同じ器官とは思えない、太くむっちりとした肉茎と一緒に擦り合わされる。数度扱かれるだけで、目覚めたばかりの身体はたやすく燃え上がった。

全身の血が沸騰《ふっとう》し、股間に集まっていく。…でも、何か足りない。身体の奥が…昨夜シアリーグの指を何度も銜《くわ》えさせられた蕾が、飢《う》えたように疼いている。

「母上様…、母上様ぁ…」

「どうしました、ロセル…いつでも子種を出していいんですよ?」

「違う、…違うの…」

ロセルは昨夜の名残を宿す胸の肉粒にちゅうっと吸い付いた。

「……中も、撫でて。昨日みたいに……」

「ロセル、……ああ、ロセル！」

背中を支えていた手が尻のあわいを忙《せわ》しなくたどり、長い指が蕾から入ってくる。待ち望んだシアリーグのそれを、昨夜何度も愛でられた媚肉《びにく》は歓喜にざわめきながら包み込む。

「…あぁっ…、あっ、母上様、母上様…っ…」

「いい子……何ていい子……、可愛い、可愛い可愛いロセル……！」

ぐちゅ、ぐぽ、と媚肉を抉《えぐ》り、奥を突き上げる指の動きは昨夜よりも狂おしく激しい。シアリーグの愛情の証だと思うと嬉しくて、ロセルは無意識に腰を振り、シアリーグと一緒に二本の肉茎を扱きまくる。

「あぁ……っ……！」

最奥《さいおう》をなぞり上げられた瞬間、ロセルの肉茎はびくんびくんと跳ね、白い蜜を噴き出した。焼き尽くされてしまいそうな快感が全身を貫《つらぬ》き、ロセルはシアリーグの指を締め上げる。

「…っ…、ロセル……！」

低く呻《うめ》いたシアリーグの肉茎も白い奔流《ほんりゅう》を弾けさせ、二人の子種は混じり合いながら互いの手を濡らしていった。

ロセルはのろのろと手を引き寄せ、白く濡れた指をしゃぶる。ちゅぱちゅぱと、母の乳を無心に吸う赤子のように。

はあ、と獣めいた息を吐き、シアリーグはロセルの腕を掴んだ。無理やり指を口から外させ、代わりに唇を与えてくれる。

「ん……っ…、う、う、…ぅっ…」

背中に回された手がロセルとシアリーグの胸を密着させる。絹よりもなめらかでしっとりとした肌の感触をもっとよく味わいたくて、ロセルは自ら胸を擦《す》り寄せた。互いの肉粒が擦《こす》れ、新たな快楽がじわじわと広がっていく。

口も胸も尻も、どこもかしこもシアリーグに満たされているのに、ロセルの欲望は尽きるどころかますます激しくなる。

――もっと。もっと母上様が欲しい。……可愛がられたい。

だって一月《ひとつき》近くずっと離れていたのだ。しかもシアリーグが瞬間転移の術を習得しなければ、二度と会えなくなるところだった。

離れていた分、絶望した分までシアリーグが欲しい。

言葉にならないロセルの心を、シアリーグはしっかり読み取ってくれる。

「…っう、…ふ、んんっ…」

唇を貪られたまま探り当てたシアリーグの肉茎は、果てたばかりとは思えぬほど熱くそそり勃っている。さっきはシアリーグに手伝ってもらったが、今度こそ自分だけで子種を出してもらうのだ。

懸命に口付けに応えながら手を動かすロセルを、シアリーグは腹の中をよしよしと撫でて誉めてくれる。

「う……、ん……っ！」

中を撫でる指が二本に増やされた。内側から媚肉をぐにぐにと拡《ひろ》げられ、違和感を覚えたのはつかの間。すぐさまシアリーグに愛される歓喜が取って代わる。

全身を満たすこの狂暴なまでの衝動。シアリーグの全てを自分のものにしてしまいたい欲望。これは本当に、母子の情愛なのだろうか。生母マリヤムが生きていたら、彼女にもこんな感情を抱いた？

……ううん、違う。

マリヤムには——いや、シアリーグ以外の誰にもこんな感情を抱くことは無いだろう。だってロセルを慈《いつく》しみ、愛してくれたのはシアリーグだけなのだ。

「……っ、……！」

吐息すら愛おしいとばかりに口内を深く貪られ、最奥を抉られると同時に、ロセルの肉茎は蜜を吐き出した。ロセルはとっさにきゅうっとシアリーグの指を締め付け、母上様の子種もちょうだいとねだる。

シアリーグはすぐロセルのおねだりに応えてくれた。手の中の肉茎が弾け、子種をほとばしらせる。一度目よりも大量のそれはロセルの肉茎や腹まで飛び散り、肌を甘く疼かせた。

重なっていた胸を離し、濡れた手で己の肉粒にシアリーグの子種をぬるぬると塗ってみる。腹も胸も肉茎も、シアリーグの子種で…愛情でびしょ濡れだ。嬉しくて腹の中に入ったままの指をまたきゅうきゅう締め付けてしまう。

「……ああ……」

ねっとりと唇を離したシアリーグが、黒蛋白石の双眸を細めた。

「貴方は可愛すぎる……やはり貴方は、私の……」

「……母上、様？」

ロセルはぱちぱちとしばたたいた。一瞬、シアリーグが知らない誰かに…恐ろしいほど美しい誰かに見えたのだ。長い金色の髪を蛇《へび》のように振り乱し、古風《こふう》な衣装を纏った女性…。

「……ロセル、ロセル。私の子……」

けれどそっと尻から指を引き抜き、両腕で抱き締めてくれるのはいつものシアリーグだ。

さっきの金色の髪の女性はどこにも居ない。目覚めてすぐシアリーグに愛してもらったから、疲れてしまったのかもしれない。

「貴方は私が守ります。…けれど今の私なら、すぐにでも貴方と共にここを出て、帝国とは何の関わりも無い遠い地へ渡ることも出来る。そうするつもりはありませんか？」

哀願《あいがん》めいた問いかけに心が痛んだ。シアリーグとしてはロセルが戦場で活躍するより、何もかも捨てて安全な場所で生きていて欲しいのだろう。

我が子の幸福だけを願う提案に心は温かくなるが、頷くわけにはいかない。

「…出来ない、よ」

「ロセル……」

「だって僕……見ちゃったんだ。陛下が…帝国が外でどれだけ非道《ひどう》な戦をしているのか」

慈悲をかけたと見せかけ、銀山のためだけに生かされ拷問《ごうもん》されていたタハディの元国王たち。クバードに一矢報《いっしむく》いるためだけに命を懸けた反乱軍。

…彼らだけではない。母の故国ウシャス、シアリーグの故国エレウシス。帝国の属国にされた全ての国々とその民は、クバードの暴虐《ぼうぎゃく》による被害者だ。クバードが善政《ぜんせい》を布《し》いているのならまだしも、クバードにとって帝国以外の民はすり潰すべき異物でしかなく、奴隷《どれい》として酷使《こくし》されているのだから。

オルハンたち魔術師部隊や塵灰軍はその最たる例だろう。もしもロセルがシアリーグと共に逃げ出せば、クバードはきっと彼らを残らず殺してしまう。ハサンやエシェルたちと同じ、むごたらしい方法で。

オルハンたちのおかげで、ロセルは亡き母がどんな女性だったのかを知ることが出来た。彼らは亡き母とつながる唯一のよすがなのだ。柘榴宮では異端でしかなかったこの容姿も魔力も、彼らは当たり前のように受け容れてくれる。

ロセルが生まれた頃は二百人ほど居た魔術師たちも、今はその半分以下にまで数を減らしてしまったそうだ。クバードは今後も他国の侵略をやめないはずだが、仮にも皇子であるロセルが彼らの指揮官になれば、少しは状況を改善させられるかもしれない。

「僕一人では何も出来ないかもしれない。…でもここで逃げたら…彼らを見捨ててしまったら、きっと一生後悔すると思うんだ」

シアリーグはロセルの肩に顔を埋めたまま、何も言わない。怒ってしまったのだろうかと不安になった頃、小さくかすれた呟きが聞こえた。

「……帝王の素質、か。厄介《やっかい》な」

「え……？」

変な雑音が混じったせいでよく聞こえなかった。戸惑うロセルの肩から顔を上げ、シアリーグは微笑む。

「貴方は素晴らしい心映《こころば》えを持っている、と言ったのですよ。さすがは私の子です」

「そ…、そう、かな…？　僕じゃなくても、あんなところを見たら同じふうに感じると思うけど…」

「いいえ。貴方の進もうとしている道は労《ろう》多くして功少ない、茨《いばら》の道です。普通の人間なら選びません。…それを自分のためではなく苦しむ人々のために選ぶ、その高潔な心は貴方だからこそ持ちうるものです。私は貴方を誇《ほこ》りに思いますよ」

手放しで誉められ、ロセルは面映《おもは》ゆさでシアリーグの胸に顔を擦り寄せてしまう。だからこそ面倒なのですが、という苦い呟きは、ロセルの耳には届かない。

「それに武功を立て続ければ、きっと今度こそシアリーグを……母上様を自由にしてあげられる。その時は、僕と一緒に暮らしてくれる？」

「もちろんですよ、ロセル。私の居場所は貴方のそばだけなのですから」

そっと顎《あご》を掬《すく》い上げられ、眼差しを重ねられる。

近付いてくる唇を、ロセルはうっとりと受け止めた。

遠ざかっていく足音は、ロセルの耳には届かなかった。

「あら、オルハン様。もうお帰りになるのですか？　お茶でもお持ちしようかと思っていましたのに」

玄関を出ようとしたところで、オルハンは初老の侍女に呼びとめられた。

シュクルと名乗った侍女は純粋な帝国人のようだが、突然訪れたウシャス人のオルハンも快《こころよ》く迎え入れてくれた。聞けばマリヤムの侍女でもあったそうだから、信頼の置ける人物と判断していいだろう。

「……いえ、ロセル殿下はまだお休みのようでしたので。明日、改めてお邪魔させて頂こうと思います」

「まあ、ロセル様ったら。二刻ほど前ご様子を窺いに参った時もぐっすり眠っていらしたのですよ。よほどお疲れなのでしょうね」

「初陣を飾られたばかり、しかもあれほどのご活躍をなされたのですから、無理もございません。どうかお目覚めになるまでゆっくり眠らせて差し上げて下さい」

「ええ、ええ、もちろんですとも」

主人が誉められて嬉しいのか、シュクルはにこにこと請《う》け合ってくれる。気のいい彼女が魔力を持たないのは幸いなことだ。ロセルの寝室でくり広げられている本当の光景を目《ま》の当たりにしたら、正気ではいられなくなるだろう。…今のオルハンのように。

ロセルの邸宅を出てすぐ、オルハンは一目散《いちもくさん》に魔術師部隊にあてがわれた宿舎へ駆け戻る。

「おい、どうだった、殿下のご様子は。お元気でいらしたか？」

「我らのことは何と仰《おお》せだった？」

「こちらにはいつおいで頂けるのだ？」

入り口にたむろしていた仲間の魔術師たちがわらわらと寄ってくる。オルハンがロセルのご機嫌伺いに行って来ると聞いた時からずっとこんな調子だ。自分たちも一緒に、と懇願する彼らを諦めさせるのはひと苦労だったが、正解だった。

「殿下はまだお休みだったゆえ対面は叶わなかった。明日出直すつもりだ」

口早に言い、諦めきれずに纏《まと》わり付く仲間たちを振り解きながらようやく自室へ入る。

粗末な寝台に腰を下ろしたとたん、魂が凍《こご》えるような悪寒と共に、全身からどっと冷や汗が噴き出した。膝に置いた手はがたがたと震えている。

「あれは……、気付かれていたな……」

――もちろんですよ、ロセル。私の居場所は貴方のそばだけなのですから。

ロセルの肩越しに流された麗人の眼差しは、寝室の扉の隙間から覗き込むオルハンをはっきり捉《とら》えていた。黒蛋白石のような双眸がつっと細められた時は、戦場でもないのに心臓がすくみ上がったものだ。

わき目もふらずに逃げ出さなければ、本当に心臓を握り潰されていたかもしれない。あの麗人はそれだけの魔力を備えている。

実際、寝室全体を長時間幻覚の魔術で包み込むのはオルハンでも難しい。何より、柘榴宮から出られないはずの妃があそこに居たということは、空間系の魔術を――ひょっとしたら失伝《しつでん》して久しい瞬間転移の術を行使《こうし》したということになる。

ロセルはあの麗人をシアリーグと呼んでいた。ロセルの導き手となり、魔術師への道筋を拓《ひら》いたというエレウシスの王子だ。マリヤムの忘れ形見の命を守ってくれたのだから、オルハンにとっても大恩人と言える。

けれど抱いていた感謝の念は、一瞬で砕け散ってしまった。今のオルハンの心を支配するのは畏怖《いふ》と焦燥だ。

ロセルはシアリーグを母上様とも呼び、心から慕《した》っているようだったが、同じ男を母と呼ぶこと自体尋常ではない。さらに生まれたままの姿で絡み合う様を見れば、二人が長い間寝室にこもって何をしていたのかは考えるまでもなくわかってしまう。

……おそらくロセル殿下は、ご自分が何をなさっているのかおわかりではあるまい。

閉鎖的な柘榴宮に半《なか》ば閉じ込められ、後ろ盾も居ない身では、閨の指南役など授けられなかっただろう。あのシュクルがそうした知識を与えたとも思えない。

きっとロセルはシアリーグが自分を慈《いつく》しんでくれているのだと信じ、行為に及んでいる。あれは母子の睦《むつ》み合いなのだと。だからこそシアリーグは罪深い。亡き母を…マリヤムを知らないロセルに、偽《いつわ》りを教え込むなんて。

ロセルはマリヤムが遺してくれた希望だ。マリヤムから魔力と容姿だけではなく、為政者《いせいしゃ》としての器まで受け継いでいる。オルハンがそう確信したのは、ロセルがその強大な魔力と機転で防御壁を破壊した時でも反乱軍を無力化した時でもなく、敵であるはずのタハディ兵に治癒の術を施《ほどこ》した時だった。

たとえ敵であろうと、傷付いた者に手を差し伸べる慈悲の心。それはマリヤムから譲られた帝王の素質であり、クバードは決して持ち得ないものだ。

あの方ならきっと素晴らしい君主になれる。オルハン以外の魔術師たちも、口にこそ出さないが全員が希望を抱いたはずだ。…そう、クバードに知られたなら即座に首を切られるだろう希望。マリヤムの…ウシャス王家の血を引くロセルが、このテトロディア帝国の帝位に就《つ》くという――。

決して絵空事ではない。認めたくはないが、ロセルは皇帝クバードの息子なのだ。ロセルにも帝位継承権はある。

現在の帝国は毎年のように皇子皇女が生まれ、成人した皇子が何人も存在するにもかかわらず、皇太子が定まっていないという異常な状況だ。他国ではありえない。

……おそらくあの男は後継者を……己に成り代わる者を置きたくないのだろう。

この世に在《あ》る限り帝王として君臨し、崇《あが》め奉《たてまつ》られたいのだ。だから器定《うつわさだ》めと称して皇子を戦場へ連れて行き、回復不可能な傷を負わせ、あるいは死なせている。

そんなクバードにとってロセルは脅威《きょうい》だ。自分が決して持てないもの…強大な魔力と慈悲の心を持ち、オルハンたちの人望を一身に集めてしまったのだから。

ロセルに心を寄せるのはオルハンたちだけではない。塵灰軍の兵たちもそうだ。

ロセルはタハディの元国王たちの処刑が終わった後、ひそかに戦場へ舞い戻り、まだ息のある塵灰軍の兵たちに治癒の術を施して回った。戦死した者の骸《むくろ》はそのまま放置されるのが常だったが、土の魔術で穴を掘り、一人一人埋葬《まいそう》した。反乱軍の兵の骸までも。

涙を堪えながら魔術を振るうロセルを、いつしかオルハンや回復したばかりの塵灰軍の兵たちが手伝っていた。

『クバードなどではなく、あのお方が皇帝であられたのなら――』

ぽつりと呟いた兵を咎《とが》める者は居なかった。誰もが同じ思いを抱いていたからだ。

ロセルの配下となった塵灰軍は、かすかな希望を叶えるため死に物狂いで戦うだろう。彼らは決して無力な存在ではない。生粋《きっすい》の帝国人の将兵と、数の上では互角なのだ。そして揃って帝国に対し、強い憎悪を抱いている。

憎悪は力だ。

今まではその力を束《たば》ねる者が居なかったが、これからはロセルという旗印のもとに集結し、燃え上がっていくだろう。クバードの牙城《がじょう》をおびやかすほどに。そうすれば……。

「……マリヤム様。私は貴女《あなた》の御子を必ず至高《しこう》の座に座らせます」

いつも首からかけている護符を取り出し、そっと握り締めた。護符の中にはマリヤムの髪がひとふさ収められている。クバードに身を差し出す前、マリヤムがひそかに贈ってくれたものだ。互いの髪を収めた護符は、ウシャスにおける婚約の証である。

「そのためなら、どんな障害も排除してみせましょう――」

脳裏に浮かぶのはクバードではなく、この世のものとは思えぬほど麗《うるわ》しい男の面影だった。

【さる王国に伝わる神話――その三】

大地の女神の愛《いと》しい娘、生命の女神が人間の男と恋に落ちてしまった。

よりにもよって、ただの人間ふぜいに娘をやれるものか。大地の女神は娘と人間の男を引き離そうとしたが、娘は従わなかった。

『ごめんなさい、お母様。私はこの人と共に生きてゆきます』

あろうことか娘は神としての力を自《みずか》ら手放して人間となり、母のもとを去ってしまったのだ。

怒り狂った大地の女神が豊穣《ほうじょう》の務めを放棄したせいで、地上は荒廃《こうはい》の一途《いっと》をたどった。春風《しゅんぷう》駘蕩《たいとう》たる花園は枯れ果て、田畑は実りを失い、人々や動物は骸《むくろ》をさらした。人の魂の化身《けしん》たる青白い蝶《ちょう》が群舞し、凍《い》て付いた空を不気味に染め上げていく。それでも大地の女神の怒りは鎮《しず》まらない。愛しい娘を取り戻すまでは、決して。

――冬の訪れである。

またたく間に時は過ぎゆき、タハディ遠征から二年が経《た》った。

「はあ……」

十七歳になったロセルは、未だに馴染めない邸宅の居間の長椅子にだらしなく寝そべっていた。ここ一月《ひとつき》ほどずっと戦地で過ごしていたから、柔らかな家具の感触は久しぶりだ。

茉莉花茶《まつりかちゃ》と焼き菓子を持って来てくれたシュクルが心配顔で尋ねる。

「今回も無事にお戻り下さって、本当にようございました。しばらくは帝都においでになれるのでしょう？」

「うん、二十日ほどは。その後は北方へ出陣することになると思うけど」

「またでございますか⁉」

シュクルが苦虫を噛み潰したような顔をするのも当然だ。百人隊長に任じられてからの二年間、ロセルが帝都の邸宅で過ごせたのは、全て合わせてもせいぜい半年ほどだろう。

「陛下はいったい何をお考えなのでしょう。帝国最強の魔術師を連れて行きたいお気持ちはわかりますが、これではロセル様がお身体を壊されてしまいます」

シュクルにはさすがに魔術師であることを打ち明けていた。シアリーグの存在は明かせないので、オルハンの導きで魔術に目覚めたことにしてある。幸いにもシュクルは主人が力を得たことを喜びこそすれ、魔術に忌避感《きひかん》を示さなかった。

「帝国最強の魔術師って？」

「もちろんロセル様のことですよ。皆が申しております。ロセル様は常勝《じょうしょう》の守護神、帝国の宝剣だと」

常勝の守護神とはクバードがロセルを伴《ともな》った戦が全戦全勝であることから、帝国の宝剣とはロセルの黄金の髪と若草色の双眸《そうぼう》から付けられた二つ名だそうだ。

この二年間、大陸各地を転戦し、大きな戦果を挙げてきたロセルを異端の皇子とさげすむ者は激減した。代わりに増えたのは、遅ればせながらロセルとよしみを通じたい者たちだ。

「僕一人の力じゃなくて、部隊の皆の力なんだけどなあ。…ところでシュクル、それは?」

ロセルが卓子《たくし》に積み上げられた書状の山を指差すと、シュクルの憂《うれ》い顔がぱっと華やいだ。

「お留守の間に届いた、行儀見習い希望のご令嬢がたの身上書《しんじょうしょ》です。ロセル様がお戻りにならなければお返事は出せないと申し上げたのですが、引きも切らず」

行儀見習いは嫁入り前の貴族令嬢が然《しか》るべき名家に上がり、その家の夫人から指導を受けるものだが、シュクルと最低限の召使いしか置いていないロセルの屋敷で礼儀など身に付くわけがない。

彼女たちの…正確にはその親兄弟の狙いは、行儀見習いと称して娘をロセルの屋敷に上げ、ロセルを誘惑させることだ。めでたくロセルの手が付けば、責任を取るよう迫《せま》って妃に据《す》えさせるつもりなのだろう。シュクルも彼らの思惑は察しているはずだが、自慢の主人が引く手数多《あまた》なのは嬉しいらしい。

促《うなが》されるがまま書状を開封していく。

差出人のほとんどはこの二年間で交流のあった高位将官たちだが、軍とは縁の無い貴族も交じっていた。他国の民を妻や婿《むこ》に迎えた貴族たちだ。純血が尊《とうと》ばれる帝国では、貴族といえど他国の血が混ざる家は冷遇されている。彼らにとってウシャスの血を色濃く引きながら最強の魔術師として名を馳《は》せるロセルは、希望の象徴なのだ。

「お返事はどうなさいます？　どなたか迎え入れられますか？」

「…全部に断りの返事を送っておいて。今は戦場のことしか考えられないから」

本当の理由は伏せて告げれば、シュクルは残念がりつつも従ってくれた。焼き菓子を食べ終え、ロセルは寝室へ向かう。

「……シアリーグ」

「お帰りなさい、私のロセル」

呟いた瞬間、甘い囁きと共に背後から優しく抱き締められた。戦場でも毎夜嗅《か》いでいたはずなのに、かぐわしい魔力の匂いを吸い込んだだけで、ロセルの身体はふにゃふにゃになってしまう。

「…どこにも怪我が無いか、いつものように確かめてあげましょうね」

シアリーグはロセルを軽々と抱き上げ、寝台に横たえた。見下ろしてくる美貌は出逢った頃と変わらぬ若さを保ち、妖しく微笑《ほほえ》んでいる。

「あ……ん、……母上様……」

纏《まと》っていた衣服は器用な手でたちまち脱がされ、裸身をさらけ出される。

注《そそ》がれる愛《いと》おしげな眼差しは慈《いつく》しみ深い母のものなのに、羞恥《しゅうち》と、腹の奥がぞくぞくするような感覚に襲われるようになったのはいつ頃だったのか。黒蛋白石《ブラックオパール》の双眸《そうぼう》の奥に、狂おしい光が宿ったのは…。

「可愛いロセル……」

シアリーグはもじもじするロセルに覆いかぶさり、肌のすみずみまで自《みずか》らの唇で丁寧になぞっていった。長時間戦場で過ごしても日に焼けない肌は、紅《あか》い吸い痕に彩《いろど》られていく。シアリーグがロセルを愛してくれている証《あかし》は、全身に刻まれなければならない。

「や…、あ、あぁ、あっ……」

それは普段秘められている股間《こかん》も例外ではなく、両脚を大きく開かされた。赤子がむつきを替えられるような体勢に抱いた羞恥は、兆《きざ》していた肉茎《にくけい》を熱い口内《こうない》に咥《くわ》え込まれたとたん霧消《むしょう》してしまう。

「あぁぁん……っ！」

溢れ出る嬌声《きょうせい》を堪《こら》えてはいけないことは、こうして可愛がられるようになってすぐ教えてもらった。自ら両脚を持ち上げ、シアリーグに全てを差し出すことも。

「…あ…っ、ああっ、は、…はうえ、さま、…母上様っ」

一年前、シアリーグの手で大人にしてもらったあの日から、ロセルの子種は全部シアリーグの手か唇に受け止められているのに、いつまで経っても慣れない。震える先端をいい子いい子

と口内で慰められるだけで、肉茎はたちまち子種を吐き出してしまう。

「……ああ、良かった」

ごくんと子種を飲み干しながら、シアリーグは身を起こした。濡れた唇と上下する喉のなまめかしさに、ロセルは目を奪われる。

「どこにも悪いところは無いようです。安心しました」

「…母上様が、守ってくれた、から…」

ロセルは脱力した脚を寝台に投げ出し、両手を伸ばした。シアリーグは微笑み、ロセルを膝に抱き上げると、自ら胸元をはだけてくれる。

あらわになった朱鷺色《ときいろ》の肉粒に、ロセルはしゃぶり付いた。頭を撫でてもらいながら尻のあわいに指を沈められ、身体の中までも愛《め》でられていると、シアリーグの愛情をひしひしと感じられて全身がとろけてしまいそうになる。

——貴方《あなた》は私が守ります。

シアリーグの言葉に嘘は無かった。この二年間、ロセルはクバードの命令で大陸を駆けずり回って戦わされたが、シアリーグは夜毎《よごと》ロセルの陣幕に現れ、疲れた身体を癒《い》やしてくれた。シアリーグがいくつも持たせてくれた護符のおかげで、傷一つ負ったことは無い。

心も身体もシアリーグに守られていた。戦場ではオルハンたちが粉骨砕身《ふんこつさいしん》の働きで助けてくれる。今のロセルを取り巻く環境や数々の名声は、ロセルだけの力で勝ち取ったものではないのに。

「いいえ、貴方の力ですよ。ロセル」

流れ込む魔力からロセルの感情を読み取り、シアリーグは耳元で囁いた。

「弱き立場の者も見捨てず陣頭《じんとう》で戦う貴方だから、オルハンたちは貴方のために死力を尽くすのです。私が貴方を守るのは、貴方が愛おしいからこそ」

「…んっ…、ふ、…うぅ…」

「貴方は何も心配せず、ただ私の腕の中に居ればいいのです。私の可愛い子なのですから…」

長い指先が腹の内側のわずかに膨《ふく》らんだ部分をぐりっと抉《えぐ》る。とたんに稲妻《いなずま》に打たれたかのような快感が脳天を突き抜け、ロセルはシアリーグにしがみ付いた。

「……う、……ぁ……！」

臍《へそ》につくほど反《そ》り返っていた肉茎がびくんびくんと打ち震え、少量の子種を吐き出す。

愛される子は腹の中でも極められると、教えてくれたのはもちろんシアリーグだ。初めて肉茎に触れられず腹だけで極められた時、シアリーグはとろけんばかりの微笑みを浮かべて誉めてくれた。さすが私の子だと。

こんなにも愛おしいシアリーグが居るのに、妻など迎えられるわけがない。そう思ってしまう自分がおかしいことは、ロセルとてわかっている。

……シアリーグは、母上様なのに。

子はいずれ母から離れ、新たな家庭を築くものだ。母から離れたくないあまり妻を迎えたくないなんて、間違っている。…いつかは妻に子種を与えなければならないのに。

「母上様……もっと……」

腰を振りながらねだるのを、ロセルはやめられなかった。

帝都に留まっている間、ロセルのもとには縁故を求める貴族たちから様々な催《もよお》しへの招待状がひっきりなしに届く。全て断ってしまいたいのは山々だが、軍の外にも味方を増やしておくべきだとオルハンに勧められ、三分の一くらいには応じることにしている。

その日は祖母が他国の出身であったため、クバードに冷遇されている文官貴族の茶会に参加した。他の招待客も同じような立場か、クバードの寵臣《ちょうしん》たちと反目《はんもく》する貴族やその縁者たちであり、茶会には終始和《なご》やかな雰囲気が流れていた。

『どうか身辺にお気を付け下さい、ロセル殿下』

ひそかに忠告をくれたのは、招待主の貴族だった。ロセルが百人隊長に任じられてすぐ、祝いの使者をくれた人物でもある。

帝国貴族としては珍しく穏健《おんけん》な彼は、必要の無い征服戦争を続けるクバードを苦々しく思っているようだ。同じ思いを共有する貴族は少なくなく、表立ってではないものの、彼らはロセルを支持している。

『最近、陛下が取り巻きどものみならず、朝議《ちょうぎ》や式典の最中でも殿下を悪《あ》しざまに罵《ののし》られる機会が増えてきたそうです。こたび殿下を帝都へ呼び戻されたのは、難癖をつけて排除するためではないかと…』

心当たりはいくつもある。

百人隊長に任じられてからわずか二年の間に、ロセルを…帝国を取り巻く環境は激変してしまった。大陸の実に八割以上が帝国の版図《はんと》と化し、柘榴宮《ざくろきゅう》にひしめいていた妃《きさき》や皇子皇女は半減した。クバードが少しでも気に障《さわ》った者をどんどん処刑していった結果だ。

昔から機嫌の変動が激しかったクバードだが、今や常軌を逸《いっ》していた。突如変心《とつじょへんしん》し、昨日まで『我が右腕』と寵愛《ちょうあい》していた家臣を斬り捨てるということも珍しくはない。クバードの熱烈な支持者だった軍の高官たちさえ、成敗《せいばい》を怖れ、紅炎宮《こうえんきゅう》には寄り付かなくなってしまった。

――陛下はどこぞ病《や》んでおられるのではないか？

――陛下も四十を過ぎられた。精力は衰《おとろ》え知らずでも、頭の方は……。

――いつまでも玉座《ぎょくざ》にしがみ付かれず、そろそろ後継者に後を託《たく》すべきなのでは…。

皇宮《こうぐう》のそこかしこで囁かれる声は、戦地を転々とするロセルの耳にも入ってくる。十年前ならありえなかったことだ。誰もがクバードを怖れ、悪口雑言《あっこうぞうごん》のたぐいは決して口にしなかったのだから。

己に向けられる眼差しの変化はクバードも悟《さと》っているはずだ。新しき皇帝を待ち望む者の多さも。

だからクバードはこれまでにも増して熱心に侵略戦争を仕掛け、領土を拡大してきた。新しい領土を勝ち取れば『偉大なる征服帝』でいられる。

だが戦で獲得出来る大陸の領土は残りわずか。別大陸への出兵は大規模な海軍を設立しなければならない都合上、クバードの代では不可能に近いだろう。

戦によって築かれたクバードの栄光が崩壊しつつある今、次の皇帝として有力視されるのはロセルなのだ。クバードが侵略戦争にロセルを伴《ともな》い、ロセルが圧倒的な戦果を挙げ勝利に貢献した結果である。クバードの目的がロセルを戦死に見せかけて殺すことだったのを考えれば、皮肉としか言いようが無い。

むろん半分他国の王族の血を引くロセルに忌避感を抱く貴族は多い。だが今のクバードを皇帝に戴《いただ》きたくない者はそれ以上に多い、ということだ。実際、ロセルに接触を試《こころ》みる貴族は増加の一途をたどっている。

クバードがロセルに憎悪をつのらせ、今度こそ確実に息の根を止めようとするのは当然の話だった。くれぐれも気を付けるよう、オルハンからも警告されている。

戦場ではクバードの放った刺客に襲われたり、わざと不利な戦況に追い込まれたりして何度も命の危機に陥《おちい》ったが、シアリーグのおかげで何事も無く切り抜けた。ならば最も己の力が及ぶ領域…皇宮で仕掛けてくれようと、クバードは考えているだろう。

……でも、どうやって？

帝都に帰還して十日余り経つが、今のところ何も起きていない。常に気を張り続けなければならない暮らしは、戦場以上に疲れてしまう。

「はあ……」

シュクルが作ってくれた軽食を食べると軽い眠気を覚え、ロセルは少し仮眠を取ることにした。夜になればシアリーグが来てくれるはずだから、相談に乗ってもらおう。

目をこすりながら寝室に入ってすぐ、ロセルは違和感を覚えた。嗅《か》ぎ慣れない匂いが淡く漂っている。シアリーグの甘く優しい匂いではなく、きつい花の香り…柘榴宮の妃たちが好んでつける香油の香りだ。

「……誰だ？」

わずかに盛り上がった寝台から距離を取り、ロセルは問いかけた。すると掛布をめくり上げ、薄絹を纏《まと》った若く美しい女性が姿を現す。

「ロセル様、お会いしとうございました」

女性は豊満な肢体《したい》を強調するように腰をくねらせる。薄絹からこぼれんばかりの胸や丸みを帯びた尻に、普通の男なら目を釘付《くぎづ》けにされるのだろう。ロセルは嫌悪《けんお》と危機感しか抱けないけれど。

「貴女《あなた》は……？」

「名などどうでも良いではありませんか。今の私は貴方様を慕《した》う、ただの愚《おろ》かな女でございますわ。哀れとおぼしめすのならば、どうか一夜のお情けを下さいませ」

近付こうとしないロセルに焦《じ》れたのか、女性は寝台を這い、にじり寄ってくる。

覚えの無い顔だ。帝国の女性は既婚者であれば髪を結い上げるが、この女性は解いた髪に花を模した髪飾りをいくつか付けているだけである。ロセルとつながりたい貴族が邸の召使いを買収し、無理やり娘を送り込んだのか。

「ねえ、ロセル様……」

蠱惑的《こわくてき》に微笑み、女性がほっそりとした腕を伸ばす。

ぱしん、とその手を叩き落としたのはロセルではなかった。

「——汚《けが》らわしい」

「きゃっ……!?」

こつ然と出現した麗人《れいじん》に、女性は褐色《かっしょく》の瞳を見開いた。ロセルもまた立ち尽くす。

「…シアリーグ…？」

そうだ、ロセルと同じ金色の髪をなびかせたこの人はシアリーグでしかありえない。

なのに——何故だろう。身体の芯から凍《こご》えるような冷気を感じるのは。ロセルが呼んでも振り返ってくれないのは。

「汚らわしい汚らわしい汚らわしい汚らわしい汚らわしい汚らわしい汚らわしい」

「ひっ、ぎゃっ、痛い、やめてっ…」

「汚らわしい汚らわしい汚らわしい汚らわしい……私の子をたぶらかす、醜《みにく》いあばずれが……」

シアリーグがぶつぶつと呟くたび金色の髪は生き物のようにうねり、無数の魔力の手が女性を寝台から引きずり下ろし、ぼこぼこに殴打《おうだ》していく。女性が泣き叫んでもお構い無しだ。

魔力を持たない女性は抵抗出来ない。このままでは…。

「やめて、…やめて、母上様！」

ロセルはたまらずシアリーグに飛び付いた。

びくっと背中が震え、魔力の手がつかの間動きを止める。ロセルもまた魔力の手を創り出し、シアリーグのそれを抑え込もうとするが、すさまじい抵抗を感じた。

……この魔力は……、いつものシアリーグ以上だ。長くは抑えきれない……。

「っ…、早く、早く逃げて…！」

「…ひ…、あ、ああ、きゃあああああっ！」

のろのろと起き上がり、女性は泣き喚《わめ》きながら逃げ去っていった。その懐《ふところ》から落ちた短剣を拾い上げる間も無く、魔力の手を振り解《ほど》かれる。

「ああっ……」

反動で宙に弾《はじ》き飛ばされたロセルを抱きとめたのは、シアリーグの魔力の手だった。そのままシアリーグのもとまで運ばれ、横向きで抱きかかえられる。

「……何故、止めたのですか？」

「は…、母上、様……」

「人間は私から貴方を奪う汚らわしい生き物。ようやく取り戻したのに…貴方はまた人間を選ぶのですか？　それほどあの人間が愛しいのですか？」

何を言っているのか、ロセルはまるで理解出来なかった。…人間がシアリーグからロセルを奪った？　その言い方はまるで…シアリーグが人間ではないかのようだ。それにロセルがあの女性を選ぶなんて。

「…ない、よ…」

「…ロセル？」

「僕は…、母上様が、いい。母上様にしか、子種を、あげたくない……」

黒蛋白石の双眸の奥で狂おしい光がぶわりと燃え上がる。

驚愕に染まった美貌に、かつて見た女性が重なった。金色の髪を振り乱した、恐ろしいほど美しい女性の面影はすぐにかき消え、ロセルは寝台に運ばれる。

「はあ…、は…っ、あ、ああ、私の、私の、ロセル」

「…や、…あぁっ…」

「私の、…私の私の私の私の子、私のロセル……」

何本もの魔力の手がうごめき、あっという間にロセルを裸に剝《む》いた。ロセルは自分も魔力の手で対抗しようとしたが、体内の魔力を動かすことすら出来ない。

初めての現象に冷や汗が背中を伝い落ちた。己よりも圧倒的に強い魔力を持つ魔術師の前では、魔力を発動させられなくなるとシアリーグから教わっている。だがそれは金色の髪を持つロセルにはほぼ無縁の現象だとも。

人間の魔術師では最高位に位置するはずのロセルすら圧倒する存在――それは。

「ひ…っ、あ！」

魔力の手がロセルの両脚を開かせ、高々と宙に持ち上げる。さらけ出された股間にシアリーグは恍惚《こうこつ》と微笑み、ためらわずに顔を埋《うず》めていった。

「あ、あっ、や、そんな…、は、母上様っ…」

濡れたやわらかな感触にロセルは身じろぐ。数え切れないくらいシアリーグの指を受け容《い》れてきたけれど、そこを舌で愛《め》でられるのは初めてだ。魔力の手に摑まれた脚は閉じることも許されない。

「やぁぁあっ……！」

蕾《つぼみ》を存分に舐《な》め回した舌が、ぬるぬると腹の中へ入ってくる。

表情は見えなくても、シアリーグの喜悦《きえつ》は魔力から伝わってきた。ロセルの中を暴《あば》き、濡らせるのが嬉しくてたまらない。嬉々として媚肉《びにく》を舐めるシアリーグの意志に従い、魔力の手はロセルの蕾をくぱあっと拡《ひろ》げ、ロセル自身すら見ることの出来ない中をさらけ出させる。

「…あっ、あっ、や…っ、あ、あん…っ…」

ずりずりと寝台を這おうとした両腕も、そむけようとした顔さえ魔力の手に押さえ付けられ、股間でうごめくシアリーグを見せ付けられる。腹の中をびしょびしょに濡らす唾液《だえき》はロセルとシアリーグの魔力を混ぜ合わせ、全身に巡らせていく。

——もっと鳴いて。

頭の奥に甘い囁きが響いた。

「あん…、あ、あぁ…んっ、母上様、母上様ぁっ……」

素直に従えば、拡げられた蕾の奥に舌がぐぷっと入り込んだ。あの感じる膨らみを舐め上げられ、どくん、と心臓が跳ねる。

「やぁ……っ、あっ、母上様、そこ、もっと……」

——もっと舐めて。もっと愛して。

ロセルのおねだりもきっと、シアリーグの頭に響いたのだろう。熱い吐息を吹きかけ、シアリーグはそこを執拗に舌でなぞってくれる。

……僕、おかしい……。

さっきの女性は何者だったのか。落としていった短剣は何のために所持していたのか。何故優しいシアリーグが豹変《ひょうへん》し、女性を痛め付けたのか。ロセルを抑え付ける異様な魔力…シアリーグに重なって見える女性の正体は何なのか。

考えなければならないことはたくさんあるのに、毎夜の行為とは何かが違うのに、シアリーグがくれる熱と快楽に夢中になってしまう。

「……は、……あぁ……」

さんざん這い回り、ずるずると出て行く舌を、ざわめく媚肉が引き止める。誰も居なくなってしまったお腹が寂しくて、ロセルは無意識に腰を振った。

もっと満たされたい。シアリーグの指で…叶うならもっと太く圧倒的なもので、お腹をいっぱいにされたい。

こみ上げる欲求に頭を占領されてしまったロセルは、両脚を開かれたまま、濡れた蕾の内側までさらしながら腰をくねらせる自分がどう見えるかなんてわからなかった。シアリーグの双眸に欲情の炎が燃え上がったことも。

「……ずっと、考えていました。貴方を私だけの子にしてしまうには、どうすればいいのか」

ゆっくりと身を起こしたシアリーグに一瞬、あの美しい女性が重なり、魔力がぶわりと膨れ上がる。ロセルすらかすかな息苦しさを覚えてしまうほどに。

「やっとわかりました。……私の中に閉じ込めてしまえばいい。私でいっぱいにして、一つに溶け合って……そうすれば、誰も貴方を奪えなくなる。今の私なら、それが出来る……」

シアリーグが何か囁くと、纏っていた衣服が消え去った。堂々とさらされた美しい裸体とその股間にそびえる猛々《たけだけ》しい雄に、ロセルは息を呑む。

それが果てるところを何度も見てきた。この手で何度も絶頂へ導き、子種をもらった。

でも今日は何かが違う。何かが決定的に変えられてしまう。ロセルを求め、充溢《じゅういつ》しきったそれによって。

「さあ……一つになりましょう、可愛いロセル」

「…や…っ、母上様、…シアリーグっ…」

「今日こそ私が貴方の母になる。誰にも見えないよう、私の中に仕舞《しま》ってあげましょうね…」

猛り狂う雄の先端がロセルの蕾にあてがわれた。舌や指とは比べ物にならない質量と熱はまるで杭《くい》だ。ロセルを打ち付け、シアリーグにつなぎとめるための。

「ひ……、あぁぁ―――……!」

ばたばたと暴れさせた脚は何の抵抗にもならず、熟した先端はロセルの蕾に沈み込んできた。

二年の間毎夜愛されてきた媚肉は、初めてねじ込まれる太い熱杭さえ従順に受け容れてしまう。

「……あ、…あぁ…っ……」

幼子の腕ほどありそうな杭が腹をこじ開け、ずぶずぶと最奥《さいおう》へ進む。身体の中を暴かれる異様な感覚に頭の奥まで侵《おか》されていく。

……あれは……あの綺麗な女の人?

ひらひら、ひらひら。

青白い蝶が群れ飛ぶ凍《い》て付いた空を、あの恐ろしいほど美しい女性が見上げている。金色の髪を振り乱し、拳《こぶし》をきつく握り締めながら。

——返せ……。

呟く女性の若草色の双眸が、内側からにじみ出る闇に少しずつ侵食されてゆく。何度目かのまばたきの後、その双眸は黒蛋白石のように変化していた。

——返せ。私の子を……私の可愛い子を……。

握り締められていた手がゆっくりと開かれる。長い爪が食い込み、血まみれになった白いてのひらが痛々しい。

——貴方は、誰？

思わず呼びかけると、女性は弾かれたように振り返った。驚愕に見開かれた黒蛋白石の双眸が歓喜に輝く。

——私の子……帰って来てくれたのですね……。

——え……？

——私の子、私の子私の子私の子私の子……。

血まみれの手が伸ばされる。その手に捕まったら全てがおしまいだ。本能が警告するが、ロセルは動けない。

「……ああ……、私の子……！」

捕まる寸前、ロセルを現実に引き戻したのは感極まったシアリーグの声と、最奥までぴっちりと腹を満たす雄の圧倒的な質量だった。魔力の手に両脚を抱え上げられた体勢のまま貫《つらぬ》かれ、のしかかるシアリーグに腹を押し潰されているせいで、中の雄の大きさをまざまざと思い知らされてしまう。

「やっと貴方は帰って来た……私の中に……」

「…や…、ぁっ、シアリーグ……」

「違いますよ、ロセル。……さあ、私をちゃんと呼んで下さい」

ぐちゅぐちゅとシアリーグは腰を突き入れる。

まるではらわたごと突き上げられ、かき混ぜられているみたいだ。毎夜愛されたおかげか、痛みは無いが、内側からじりじりと拡げられていく媚肉が軋《きし》むのを感じる。

「あぁっ、あっ、あ…んっ、お腹、お腹が…」

「ええ、私を銜《くわ》え込んで悦《よろこ》んでいますね。貴方も、私の中に帰りたかったのでしょう……？」

わけがわからない。泣きながらいやいやと首を振れば、紅い舌が涙をねっとりと舐め取っていった。

その間にも巨大な先端は媚肉を突き抉り擦《こす》り上げ、こねくり回して、ロセルの腹の中を居心地よく整える。あまりの性急さに抗議していた媚肉も、脈打つ肉茎によしよしと撫でられれば

機嫌を直し、されるがままになってしまう。

「…やぁ…、だ…っ…、あ、あっ……」

大きすぎる雄を埋め込まれた下肢《かし》ごとがくがくと揺さぶられながら、ロセルは泣きじゃくった。今日のシアリーグはいつもと明らかに違うのに、身体の中まで可愛がってくれる慈しみ深さは変わらない。

この人は誰なんだろう。さっきの女性はいったい何なのだろう。

「母上様っ……」

「あ……」

「助けて、母上様ぁ……」

絶え間無くロセルの腹を穿《うが》っていた腰が止まる。シアリーグの唇がわななき、ロセルを押さえつけていた魔力の手がふっと消えた。

「……ロ、セル……」

見開かれた黒蛋白石の双眸の奥に禍々《まがまが》しい炎がちらついている。何故かあの恐ろしいほど美しい女性が重なり、ロセルは自由になった脚をシアリーグの腰に、両手をシアリーグの首筋に回した。

シアリーグがおかしくなったのはあの女性のせいだ。

ロセルは直感し、全身でシアリーグにしがみ付く。

「母上様、母上様、お願い……戻って来て……」

「あ、ああ、あ、ロセル、……」

「母上様は僕の母上様なんだから……あの人なんかに、負けちゃ嫌だ……！」

ぎゅっと四肢に力を込めた瞬間、シアリーグの双眸の奥に燃える禍々しい炎は消え去り――

あの美しい女性の気配も霧散した直後、さっきまでとは違う狂おしい光が漲《みなぎ》る。

「……私だけのロセル……」

熱い息と共に囁いたシアリーグの背後から無数の魔力の手が伸び、敷布に沈んでいた何かを拾い上げる。空中で粉々に砕かれたのは、花を模した髪飾り…逃げていった女性がつけていたものだ。寝台から引きずり降ろされた弾みで落ちてしまったのだろう。

「渡すものか。汚らわしい女にも、男にも、……にも……」

「母上、様……」

「可愛い貴方には誰もが引き寄せられてしまう。……ならば貴方の中を私で満たし、私の中に閉じ込めておかなければ……！」

腹の中の雄がぐんと膨らみ、媚肉を押し拡げた。腹が内側から裂かれてしまいそうな恐怖に襲われ、とっさに離れようとした四肢は、魔力の手によって再び押さえ付けられる。

「あ、あ、ああっ、あ…っ、は、はうえ、さ…ま、母上、様っ」

「ああ……そうですよロセル、私だけが貴方の、在《あ》るべき場所……」

「…ひ…ぃっ、あ、や、や…ぁっ、ああっ……！」

もはやシアリーグにしがみ付いて鳴くしかないロセルの腹を、興奮しきった雄は容赦《ようしゃ》無く突き、教え込んでいく。ここはシアリーグだけの居場所だと。シアリーグ以外の者を受け容れることは、絶対に許されないと。

――何で？　どうしてこんなことをするの？　僕を信じてくれないの？

流れ込む魔力を通じ、ロセルの心の叫びは届いているはずだ。なのにシアリーグはロセルの腹を犯すのに夢中で、全く聞いてくれない。それが怖い。悲しい。

……でも、……嫌じゃ、ない。

ロセルを求め、猛り狂う雄に腹を抉られるたび、言葉にならない悦びが全身を満たしていく。

大人にしてもらった時、子種が女の腹で芽吹けば子が出来るのだと教わった。どうやって女の腹に子種を根付かせるのだろうとずっと疑問だったが、きっと女にもこんなふうに雄を突き入れて孕ませるのだろう。

シアリーグがロセルを我が子とだけ思っているのなら、きっとこんな真似はしない。

……シアリーグも、僕と同じ？

ロセルの子種を他の誰にも…妻になる女にさえやりたくないのなら。二人きりの世界に他の誰も入れたくないのなら。

「…あぁぁ…っ、ああ、あーー……っ！」

最奥の行き止まりを突き破った雄が、熱の奔流《ほんりゅう》をほとばしらせる。シアリーグの重みでひしゃげた腹がじわじわと濡らされ、びしょびしょにされていく。

自分とシアリーグは本当に一つになった。もう二度と離れられない。

「……愛してる、シアリーグ……」

絶望と紙一重の歓喜に満たされ、ロセルはふにゃりと笑った。腹の中の雄はまだ最奥に居座ったまま、放出をやめる気配も無いけれど、揺さぶられ続けた身体はそろそろ限界のようだ。

力の入らなくなった四肢の代わりに、シアリーグが抱き締めてくれる。

「ロセル、……ロセル、ああ、私も……！」

紅い唇から歓声がこぼれる。

頬擦《ほおず》りをするシアリーグの背後にゆらりと立ちのぼる影は、深い眠りに落ちゆくロセルには見えなかった。

【さる王国に伝わる神話――その四】
大地の女神の怒りにより、地上は実り無き荒野と化した。人々の嘆《なげ》きを放っておけない神々はかわるがわる大地の女神を説得したが、女神の怒りは鎮《しず》まるどころか高まるばかり。人間になった娘を女神のもとへ引き戻すことは、神々さえ逆らえぬ世界の摂理《せつり》に反するというのに。

『もはや見過ごすことは出来ぬ』

最高神は重い腰を上げ、大地の女神を地の底の冥界《めいかい》へ封印した。永遠に溶けぬ氷に閉ざされたそこに住まうのは罪人の魂と、彼らを罰する悪鬼《あっき》や番犬のみ。

富と豊穣《ほうじょう》を司《つかさど》る輝かしき女神は、濃厚な死の匂いを纏《まと》う冥界の女神に堕《お》ちた。

されど堕ちてなお、娘を諦めきれなかった。

『聞け。我が声を聞け。さすれば無限の魔力と不老不死の肉体を与えようぞ』

女神は地の底から呼びかけ続ける。

己の敬虔《けいけん》たる信者であった、エレウシスの民に向かって。


シアリーグの声が聞こえた気がする。

泥のような眠りから覚め、ロセルは氷に包まれたような寂しさを覚えた。…シアリーグが居ない。ロセルが横たえられた寝台にも、寝室のどこにも、あの麗《うるわ》しい姿は無い。

のろのろと身を起こす。

裸身は綺麗に清められてあったが、シアリーグと一つになった痕跡は身体のそこかしこに残っている。びっしりと刻まれた紅い吸い痕、貪《むさぼ》られすぎて腫《は》れぼったい唇、……まだ何かを銜《くわ》えているような蕾《つぼみ》。

「シアリーグ……母上様……」

自分は確かに、この腹でシアリーグの子種を受け止めたのだ。母子なら絶対にしない行為を、本当の母以上に慕《した》っていたシアリーグとした。…母としてだけではなく、シアリーグを愛《いと》おしいと思ったから。

それはきっと、シアリーグも同じはずなのに。

「どこに……行っちゃったの……？」

おぼろげに残る記憶の中、シアリーグは笑っていた。美貌を歓喜に染め、金色の髪を輝かせて。あれほど嬉しそうなシアリーグを見たのは初めてだった。シアリーグもまた、あの行為でロセルと同じ喜びを分かち合ってくれたのだ。

……シアリーグが僕を置いてどこかへ行っちゃうなんて、ありえない。

だからシアリーグが今ここに居ないのは、きっとシアリーグの意志ではない。誰かに連れ去られたのだ。

——返せ。私の子を……私の可愛い子を……。

真っ先にひらめいたのは、あの恐ろしいほど美しい女性だった。

シアリーグの中にひそみ、シアリーグほどの魔術師さえ支配するほどの魔力の主。ロセルが視《み》た幻影の中で、彼女は必死に我が子を探していた。彼女の子は母親より人間を選んだ。

つまり彼女も彼女の子も、人間ではない。もっと高次の存在だ。

「……まさか……」

頭の中で情報が組み合わされていく。一つの仮説が完成しそうになった時、階段を駆け上がる足音が聞こえてきた。

「ロセル殿下！　どこにいらっしゃいますか⁉」

「……オルハン？」

いったん思考を打ち切り、ロセルは寝台の周りに散らばっていた衣服を身に着けた。寝室から飛び出ると、廊下を走ってきたオルハンとぶつかりそうになる。

「良かった、こちらにおいででしたか…！」

ほっと表情を緩《ゆる》めるオルハンは軍服の上に軽鎧《けいがい》を装着し、防御魔術まで展開している。

ロセルの警戒心が一気に高まった。魔術師部隊と塵灰軍《じんかいぐん》所属の兵は、帝都内での武装を一切禁じられているはずだからだ。しかも階下からは大勢のざわめきが聞こえてくる。

「オルハン…何があった？」

「皇帝がロセル殿下を反逆者と断《だん》じ、軍に討伐《とうばつ》を命じました。間も無くこの邸《やしき》は皇帝直属軍に包囲されます」

「―――⁉」

頭から冷や水を浴びせられたような衝撃に襲われ、ロセルはよろめきそうになった。とっさに踏ん張ったのは、オルハンがかつてないほど真剣な…そしてどこか興奮の滲《にじ》む表情をしていたせいだ。

落ち着け、落ち着け、と自分に言い聞かせる。今さら驚くことはない。クバードが何か仕掛けてくるのは覚悟していたはずだ。

「…何故、僕が反逆者などに？」

「ロセル殿下が皇帝の新しい妃《きさき》候補を拉致《らち》し、暴力を加えたゆえだそうです。候補とはいえ妃は陛下の所有物。陛下の所有物を毀損《きそん》した者は反逆者という理屈ですが…身に覚えはおありですか？」

問われて思い付くのは、寝台にひそんでいたあの女性しか居ない。

おそらく彼女はロセルとつながりたい貴族の令嬢ではなく、クバードの手先だったのだ。ロセルが彼女に手を出せば妃候補との密通の罪を問うつもりだったのだろうが、シアリーグが彼女を痛め付けた。

シアリーグの存在を知らず、魔力も持たない彼女は、シアリーグが屋敷の使用人か何かだと思っただろう。からくも逃げ出した彼女から事情を聞いたクバードは、ロセルが彼女に暴力を振るったことにして、反逆者に仕立て上げたのだ。

彼女は短剣を落としていったから、ロセルが誘惑に負けたら寝首を掻《か》かれていたのだろう。その後妃との密通でクバード自《みずか》ら手討《てう》ちにしたと発表されたに違いない。

「なるほど。あの皇帝ならやりそうなことですね」

ロセルの推察にオルハンも同意する。その冷静さがロセルには不思議だった。オルハンもクバードを警戒していたはずだが、これほど早く仕掛けてくるのはさすがに予想外だっただろうに、さっきからうっすらと笑みさえ浮かべている。

「――ロセル殿下。これは千載一遇《せんざいいちぐう》の好機です」

「こ、…好機?」

「皇帝は殿下を反逆者と糾弾《きゅうだん》していますが、殿下は何もなさっていないのですから濡れ衣《ぎぬ》です。反撃するのは当然のこと。その上で皇帝を討ち取れば濡れ衣は晴らされ、殿下は親殺しの汚名《おめい》を着ずに帝位に就けるのですよ」

どくん、と跳ねた心臓に胸を殴り付けられた。無意識に後ずさりかけたロセルの両肩を、オルハンはがしっと掴む。

「逃げてはなりません、殿下。クバードを倒し、新たな皇帝になる。もはやそれ以外、貴方《あなた》が生き延びる手段は無いのですから」

帝国の太陽と崇《あが》められるクバードを、汚《けが》らわしそうに呼び捨てた。そういえば先ほどから皇帝陛下ではなく皇帝と呼んでいたことに、ロセルは今さらながら気付いて青ざめる。

オルハンはすでにクバードを見切ってしまったのだ。

クバードがロセルの討伐を命じたからではない。最初から…ウシャスが滅ぼされ、母マリヤムが柘榴宮《ざくろきゅう》に収められた時から、復讐の炎を宿していた。それを燃え上がらせたのはロセルの存在だ。

「我ら魔術師部隊も塵灰軍も、殿下が新たなる皇帝となられることを熱望しております。殿下の号令があれば、命を賭《と》して玉座《ぎょくざ》への道を拓《ひら》いてご覧に入れましょう」

「…っ…、では、階下に集まっているのは…」

「魔術師部隊と塵灰軍の一部です。伝令を出しておきましたから、いずれさらに増えるでしょう。今ここに集まっているのはあくまで殿下の護衛だと思って頂ければ」

この屋敷も戦場になる怖れがあるため、シュクルはすでに安全な場所へ避難させておいてくれたという。安堵すると同時に、ロセルは悟《さと》った。

……もう、戦うしかないのか。

オルハンの言葉は正しい。絶対権力者に反逆の罪を問われた以上、このままでは帝国のどこにもロセルの居場所は無いのだ。

死にたくなければ――生きて再びシアリーグに会いたければ、戦うしか……。

「それと、殿下。かくなる上はシアリーグ王子のことはお忘れ下さい。皇帝となられる御身《おんみ》に、あの方は害にしかなりません」

「害だって…⁉」

心を見透かしたような警告にロセルは激昂しかけ、はっとする。オルハンがかつてないほど深刻な顔をしていたせいで。

「…二年前、シアリーグ王子について伺ってから、私はひそかにエレウシス王国の史料を調査してきました。公《おおやけ》にはされていない庶子《しょし》の可能性もありますが、やはり存在しないはずの王子は気になりましたから」

「……」

「つぶさに系譜をなぞっても、やはり最後のエレウシス王の御子は王女殿下お一人のみ。私はさらに系譜をさかのぼり、とうとうシアリーグ王子の名を見付けたのです。……二百年前、最後に『エレウシスの秘儀《ひぎ》』を執《と》り行った王の三番目の息子として」

オルハンが何を言っているのか、すぐには理解出来なかった。

シアリーグが二百年前の王の息子？　…そんなの、ありえない。だってシアリーグはクバードによって故郷を滅ぼされて…自分以外の王族は全員目の前で命を絶ったと…。

「……あ…っ…！」

必死に記憶をたぐり寄せ、ロセルは愕然《がくぜん》とする。

…シアリーグは『家族』ではなく、『王族』と言っていた。そしてオルハンによれば、『エレウシスの秘儀』とは大地の女神に祈り、無限の魔力と不老不死を賜《たまわ》る儀式だという。

効力が疑問視されていたその儀式が、本当に成功していたとしたら？

無限の魔力と不老不死を与えられたのがシアリーグだったら？

——不老不死のシアリーグは二百年の時を老いぬまま生き続け、クバードの侵略に遭った。シアリーグの子孫に当たる最後のエレウシス王は妻子と共に命を絶ち、そこへクバードが現れ、シアリーグを連れ去った。つじつまは合う。……合ってしまう。

「私は考えました。『エレウシスの秘儀』はすたれたのではなく、成功してしまったがゆえに、闇に葬《ほうむ》られたのではないかと」

ロセルが自分と同じ結論に達したと悟ったのだろう。黙していたオルハンが再び口を開く。

「無限の魔力も不老不死も、魔術師なら喉から手が出るほど欲しいものです。実際に叶ったにもかかわらずシアリーグ王子の存在は秘匿《ひとく》され、儀式そのものも伝わっていない。…それは、無限の魔力も不老不死も無かったことにせざるを得ないほどの欠点がシアリーグ王子に発生したからではないでしょうか」

「……そんな……」

そんなことはない。シアリーグは出逢ってからずっとロセルに優しかった。シアリーグに欠点などあるわけがない。

懸命に反論の言葉を捜すロセルに、オルハンは溜息を吐いた。

「……殿下。私は殿下とシアリーグ王子が寝所《しんじょ》を共にする関係だと存じています」

「…な…っ…」

「殿下がどなたを愛されるか、私などに差し出口を挟む権利はございません。ですがシアリーグ王子は殿下がお心を預けるに足るお方でしょうか？」

じっと見詰められ、ロセルは言葉に詰まる。

ずっと一緒に居たのに、シアリーグは自分のことを何も話してくれなかった。嘘を吐《つ》いたわけではないが、真実も教えてくれなかったのだと認めざるを得ないから。オルハンにシアリーグの失踪を告げれば、罪悪感に耐え切れず姿を消したに違いないと言うだろう。

……でも、僕はシアリーグを探したい。探さなきゃならない。

シアリーグは自分の意志でロセルから離れたのではない。きっとどこかでロセルの助けを待っているはずだから。

「皇帝となられる殿下の伴侶は、一点の曇《くも》りも無く、殿下の治世《ちせい》を支えられるお方でなければならないのです。そのことを、どうかお忘れになりませんように」

オルハンはひざまずき、左胸に手を当てながら床に触れるすれすれまで頭《こうべ》を垂《た》れる。

それは一皇子ではなく、皇帝に対する拝礼《はいれい》だった。


半刻も経《た》たぬうちに、ロセルの邸宅は討伐軍によって十重二十重《とえはたえ》に取り囲まれた。

ロセルたちにとって予想外だったのは、討伐軍の陣頭《じんとう》にクバードその人の姿があったこと。

そしておそらくクバードにとっての予想外は、魔術師部隊と塵灰軍以外に、貴族の私兵軍が多数ロセルのもとへ駆け付けていたことだろう。クバードが帝位をロセルに譲ることを望む貴族たちだ。

クバードの気質は貴族なら誰でも承知している。あれほど帝国のために尽くした息子さえ、クバードは反逆者に仕立てて殺そうとするのだ。ただの臣下などいつ切り捨てられるかわからない。そんな皇帝にはもう付いて行けないと彼らは訴え、ロセル軍に参戦した。

しかし突然の討伐命令とあって、貴族たちが差し向けられた兵力は討伐軍の三分の一程度だ。魔術師部隊と塵灰軍が加わっても、討伐軍の半分にもならない。

対してクバードは己に忠誠を誓う兵のみで構成される直属軍を常備しており、その数はロセル軍の倍以上。兵力では圧倒的優位に立ち、指揮官が皇帝であることから士気《しき》も高い。

「――反逆者ロセルに告ぐ！」

軍馬《ぐんば》にまたがったクバードが自《みずか》ら声を張り上げた。

黄金色《こがねいろ》の鎧《よろい》を纏《まと》った姿を、ロセルは二階の窓から見下ろす。邸宅にはロセルが防御の術を張り巡らせたので、矢や攻城《こうじょう》兵器で破壊される恐れは無く、ロセル軍の本陣の役割を果たしている。魔術師部隊はロセルの護衛を務めつつ高所から攻撃魔術を放ち、魔術を使えない塵灰軍や貴族軍の兵たちは邸宅を囲み、討伐軍と睨み合う格好だ。

「帝国の太陽たる余《よ》に反旗をひるがえした罪、死をもってしか償《つぐな》えぬ。だが今ここで降伏《こうふく》するのなら、貴様に味方した兵どもの命は助けてやるぞ！」

歓声と怒号が同時に上がった。歓声は討伐軍から、怒号はロセル軍から。

皆、わかっているのだ。たとえ命が助かろうと、その後は奴隷《どれい》同然の扱いを受けるのだと。それくらいなら最後まで戦って死ぬ方がはるかにましな末路《まつろ》だと。

ロセルは震える拳《こぶし》を無理やり握り込んだ。数え切れないほどの戦場を経験したにもかかわらず、初陣《ういじん》のように…否、あの時よりもずっと緊張している。

オルハン、魔術師部隊、塵灰軍《じんかいぐん》、貴族軍。彼らは皆ロセルを皇帝の座に就《つ》けるため集結したのだ。彼らの命はロセルにかかっている。ロセルが討《う》ち取られれば、彼らに待つのは惨《むご》たらしい暴力と死だ。

頭が、肩が、いくつもの重石《おもし》で押し潰されているようで、うまく息が出来ない。同じ重圧をクバードも感じているのだろうか。

「さあ、今すぐ我が前にひざまずき、その首を差し出すが良い。余の手にかかって死ぬるは、反逆者にはもったいない栄誉ぞ！」

生まれて初めて抱きかけた父に対する共感は、クバードが傲然《ごうぜん》と言い放った瞬間消え去ってしまった。…あの男は自分の地位を奪いかねない存在を殺し、溜飲《りゅういん》を下げたいだけだ。己の欲望を満たすために何人の兵の命が失われようと歯牙《しが》にもかけまい。

だからこそテトロディア帝国は拡大し続け、繁栄を謳歌《おうか》してきたとも言える。けれど皇帝の恣意《しい》により罪も無き人々が故郷を、命を失い、奴隷のごとく扱われ、一部の帝国人だけが恩恵《おんけい》に浴《よく》する国などあってはならない。

「愚《おろ》かな皇帝、クバードよ！」

ロセルは露台《ろだい》に出てクバードに呼びかけた。

幼い頃は大きくて、恐ろしくてたまらなかった父がひどく小さく見える。距離が開いているからでも、多くの味方に囲まれているからでも、軍服に身を包んでいるからでもない。今の自分なら何があっても負けないという自信と魔力が、身体の奥からふつふつと湧き出ている。これはきっと…シアリーグがくれた力だ。

「僕が……私が反逆者などではないことは、貴様が最もよく知っているはず。ひざまずいて許しを乞うべきは、貴様の方だ！」

「な……、な、何だと……っ!?」

クバードは湯気が出そうなほど真っ赤になり、敵も味方もどよめく。

今までどれほど過酷な戦場へ出撃させられ、無理難題を突き付けられようと文句一つ言わず従ってきたロセルが、皇帝をまっこうから糾弾したのだ。驚くのは当然だろう。みっともなく命乞いをするものとばかり思っていたのに反抗された怒りもあるに違いない。

「もっとも、今さらどれだけ乞われようと許すつもりは無い。遠慮無くかかってくるがいい！」

——わあああああっ！

味方の歓声は鯨波《げいは》と化し、戦場を揺らす。

彼らは皆、ロセルがクバードに成り代わることを熱望してきた者たちだ。ロセル自らクバードに宣戦布告を突き付けたのだから、士気はぐんぐん上がっていく。

戦場の空気に敏感なクバードは顔をゆがめ、腰の剣を抜き放った。

「ぐぅ…っ、……そこまでほざくのならば、もはや容赦《ようしゃ》はせぬ。皆の者、かかれ！　反逆者ロセルを余のもとまで引きずって来い！」

おおおおおっ、と鬨《とき》の声を上げ、討伐軍は雪崩《なだれ》を打って突撃する。倍以上の兵がいっせいに襲いかかってくる光景は、二階からだと腐肉にたかるハエの大群のようにも見える。

「…援護を！」

ロセルは風の刃《やいば》を討伐軍目がけて放ち、オルハンたちも続いた。混戦になってからでは味方を巻き込む恐れのある大規模攻撃魔術は使えない。敵が味方と激突する前に、可能な限り兵の数を減らしておかなければならない。

リンッ！

ロセルの放った風の刃は、討伐軍の中央あたり一帯の兵を纏《まと》めてなぎ払った。

「…殿下…、今の術は……」

オルハンや魔術師たちが驚愕の眼差しを送ってくるが、驚いているのはロセルの方だ。風刃《ふうじん》の術は、本来なら大人一人くらいの大きさの風の刃を創り出すものである。しかしさっき放った風の刃は今までより二回り以上大きく、威力もけた違いだった。

「……シアリーグが……」

「殿下？」

「……何でもない。敵は怯《ひる》んでいる。今のうちにどんどん攻撃しろ！」

討伐軍の左翼を標的に定め、再び風の刃を放つ。込めた魔力は同じなのに、出現した刃はさっきよりもさらに大きく、大勢の兵の命を文字通り刈り取った。

……やっぱり、そうだ。

身体の中に、子種と共に注ぎ込まれたシアリーグの魔力の存在を感じる。濃密なそれがロセルの魔力を補《おぎな》い、魔術を増幅させているのだ。

「なっ…、これは魔術、なのか？」

「馬鹿な……こんなの、初めて見たぞ……」

「まるで神罰《しんばつ》か何かのような……」

運良く直撃を免《まぬが》れた兵たちも動揺は避けられず、ついさっきまでの勢いを失い右往左往し始める。クバードと共に戦地を巡り、魔術師の戦いを見てきたはずの彼らすら怖気《おじけ》づかせる威力は、味方を鼓舞《こぶ》した。

「進め進め！　我らには帝国最強の魔術師が付いているぞ！」

「殿下が居《お》られる限り、我らに負けは無い！」

「殿下に玉座《ぎょくざ》を捧《ささ》げるのだ！」

勢いづいた味方が裂帛《れっぱく》の気合で突進する。

最前線で勇ましく武器を振るうのは塵灰軍の兵たちだ。奴隷同然に酷使《こくし》される環境から逃れるため、ロセルへの恩義を返すため、死に物狂いで戦う彼らの勇姿に周囲の味方は奮《ふる》い立ち、敵は恐れをなす。

「お見事です、殿下！」

露台の魔術師たちがわっと沸き返る。

討伐軍は規格外の魔術によって完全に浮き足立ってしまった。数の上では未だ優勢だが、味方が突き進めば恐慌状態に陥《おちい》り、散り散りになって逃げ出すだろう。置き去りにされたクバードとその親衛隊だけではロセル軍に抵抗出来ない。

勝利と玉座は着々と近付いてきているのに、ロセルの心は晴れなかった。

他に方法が無かったとはいえ、数多《あまた》の兵を死なせてしまった。それもある。だが最も大きいのはクバードの存在だ。

クバードは曲がりなりにもその武勇で帝国の版図を倍増させた男だ。ロセルのもとに集まった兵数や魔術などが予想外だったとしても、このままやすやすと敗《やぶ》れるとは思えない。

「誇り高き帝国の精鋭たちよ、魔術ごとき怖るるに足らず！」

いつもより激しく脈打つ左胸をそっと押さえた時、後方に下がっていたクバードが吼《ほ》えた。

紅炎宮の方から巨大な荷台が何頭もの馬によって引かれてくる。不気味なくらい大人しいと思っていたら、あれを待っていたようだ。

載せられているのは馬数頭分はありそうな大きさの大砲だった。西方からもたらされたばかりのそれは、大人の頭ほどの弾を撃ち出し、はるか遠くの城壁さえ粉砕《ふんさい》してしまう恐るべき兵器だ。

しかし大きいだけに狙いを定めるのが非常に難しく、ほぼ確実に味方を巻き込むため、大規模攻撃魔術と同じく乱戦では使いどころの無い兵器でもあった。特に今回のように狭く敵味方の密集する戦場では、断じて使ってはならないはずなのだが。

「余が道を切り拓いてくれようぞ。……撃て！」

クバードは何のためらいも無く命じた。

落雷にも似た轟音《ごうおん》を響かせ、大砲は巨大な砲弾を撃ち出す。ロセルはとっさに全力で防御の術を発動させたが、戦場の全員を守るのはさすがに不可能だ。

半円を描いて飛んだ砲弾は着弾《ちゃくだん》するや炸裂《さくれつ》し、周囲の兵を敵味方の区別無しに巻き込んだ。吹き飛ばされた兵たちの肉片と土が抉《えぐ》れた地面に降り注ぎ、全身炎に包まれた兵や四肢《しし》をもがれた兵たちがのたうち回る。

目を覆いたくなるような光景が見えないわけがない。悲鳴が聞こえないわけがないのに、クバードは懊悩《おうのう》するどころか嬉々として次の命令を下《くだ》す。

「いいぞ、撃て！　撃って撃って撃ち続けよ！」

次々と運ばれてくる大砲が砲弾の雨を降らせる。

防御の術を必死に維持《いじ》しながら、ロセルはクバードの執念に震え上がった。発祥の地である西方諸国でも高価な大砲は、帝国に運ばれてくる頃にはさらに値段が跳ね上がっているはずだ。ロセルを打ち負かすためだけに、これだけの数を揃えるなんて。

「…殿下、このままでは…」

オルハンの額を汗が伝い落ちる。防御の術のおかげで邸宅とその周囲は無事だが、術の及ばない領域は兵の骸《むくろ》が折り重なる地獄だ。

「……、僕が大砲を破壊する。皆は防御に専念して」

大砲が並ぶのは戦場の最後方だ。ロセルは防御の術をいったん解除し、炎の弾を撃ち出す。いつもより高威力なそれはすさまじい勢いで大砲に命中し破壊するが、その間にも他の大砲は火を噴いていた。

ドン、ドン、ドンッ！

あちこちで炸裂した砲弾がまた無数の地獄を作り出していく。

ロセルはめまいに襲われた。今の魔力なら全ての大砲を破壊することは難しくないが、その間にどれだけの命が失われることか。

いっそクバードをここから狙い撃ちするか？

いや、クバードのことだ。仮に自分が死んでも砲撃をやめないよう、あらかじめ命令してあるに違いない。それにロセルが攻撃にばかり魔力を割《さ》けば、防御の術を失った邸宅ごと砲弾に吹き飛ばされる可能性もある。

「うわあああっ……！」

魔術師たちの悲鳴が上がった。ごおっと飛来した砲弾が、すれすれのところでロセルも加わった防御の術に阻《はば》まれ、空中で粉々に消し飛ぶ。

……どうする……どうすればいい？

全ての魔力を込め、大規模な攻撃魔術で大砲ごとクバードを葬《ほうむ》るという手もあるにはある。けれどそうすればきっと、数多の兵も巻き込んでしまう。クバードもそうやってロセルがためらうのを承知の上で、わざわざ敵味方が密集する戦場を選んだに違いない。

「シアリーグ……」

――助けて。

情けない懇願《こんがん》はロセル以外誰も聞こえないはずだった。

だが次の瞬間、溜息を漏らすように…歓喜に身をよじらせるように、大地が震えた。

――私ノ　愛シイ　子。

頭に響いたのは、ずっと焦《こ》がれていた優しい声音だった。なのに何故か本能が危険だと警告している。この声を聞いてはならないと。魅了されてはならないと。
ゴ、ゴゴ、ゴゴ……ッ。

幾多《いくた》の兵の血で汚れた地面にひびが入り、みるまに割れていく。

その割れ目からすうっと浮かび上がった青白い光が人の姿を取ると、逃げ惑っていた兵は呆然と空を見上げた。

「あれは……女神か……?」

「何と美しい……あんな美人、見たことが無いぞ……」

彼らが砲弾の恐怖も、ここが戦場であることすら忘れ、恍惚に顔をとろかせるのは当然だった。青白い光を纏《まと》い、金色の長い髪を揺らめかせながら微笑むその麗人は神々《こうごう》しく、はるかな高みにある存在――女神にしか見えなかったからだ。たとえ麗人の肉体が女性ではなく男性のそれであっても。

「お……、おおぉぉぉ……」

大砲の戦果に悦《えつ》に入《い》っていたクバードが、ふらふらと戦列から進み出る。熱に浮かされたように手を伸ばしながら。

「その髪の色、その美しさ……そなたは我が国を守護する大地の女神であろう? 余の戦いぶりに心惹かれ、天上の世界より舞い降りたのであろう?」

クバードは熱心に語りかけるが、麗人は一瞥《いちべつ》すらくれなかった。黒蛋白石《ブラックオパール》の双眸《そうぼう》が見詰めるのはただ一人…ロセルだけだ。今のロセルの目に、麗人だけしか入らないのと同じように。

「違う……シアリーグじゃない……」

ロセルはゆるゆると首を振った。

肉体は確かにシアリーグのものだ。長い時を共に過ごし、肌まで重ねたのだから間違えるはずがない。

でも、違う。

あれはシアリーグではない。シアリーグの中にひそむモノ…シアリーグを惑わせ、ロセルの前から消え去らせたモノ――あの恐ろしいほど美しい女性だ。

「私の可愛い子……迎えに来ましたよ。さあ、私と一緒に行きましょう……」

両腕を広げる麗人は、ロセルの引きつった顔が見えていないのか。いや、単に歯牙《しが》にもかけていないだけかもしれない。高次の存在である麗人にとって、人の意志など塵芥《ちりあくた》にも等しいだろうから。

「…駄目…、僕は…」

「――女神よ！　何故そやつを選ぶ⁉　そやつは帝国の太陽たる余に歯向かった、大罪人《たいざいにん》であるぞ！」

まるで相手にされなかったクバードが激怒し、地団太を踏む。麗人が自分よりロセルを選んだのがよほど癪《しゃく》だったらしい。

麗人は慈愛深い微笑みを打ち消し、黒蛋白石の双眸をクバードに向けた。目障《めざわ》りな羽虫をうっとうしがるような仕草だったのだが、クバードは破顔《はがん》し――そのままどうっと倒れ伏す。

「陛下⁉」

さすがに我に返った護衛が助け起こすが、呼吸を確かめたとたん、ぎゃあっと悲鳴を上げて離れてしまう。

「し…、死んでる……！」

「…なっ…、陛下が⁉」

「まさか…、女神の怒りに触れて……⁉」

周囲の兵たちもいっせいにざわめき、倒れたクバードから距離を取る。神の怒りに触れた者の近くに居たら、自分たちまで神罰《しんばつ》を受けてしまうとばかりに。

彼らの推測はおおむね正しいが、間違いもある。麗人は怒ってなどいない。感情を動かす価値など、クバードには無い。

ただ邪魔だと思っただけだ。それだけでクバードの魂はすみやかに肉体から離れた。

「うるさい羽虫《はむし》は居なくなりました」

その証拠に麗人は微笑んだ。青白い光を纏う全身から、強烈な魔力の波動を放ちながら。

「ぐぅっ……」

「…これは…、ロセル殿下…！」

魔力には高い耐性を持つはずのオルハンたちが苦悶《くもん》し、露台に膝をついてしまう。戦場ではざわめいていた兵たちが次々と倒れ、ぴくりとも動かなくなっていった。

「行きましょう、私の子」

「……あっ！」

魔力の手がロセルを宙にさらい、麗人のもとに届ける。麗人はひしとロセルを抱き締め、何度も頬を擦り寄せた。

「私の可愛い子。可愛い、可愛い可愛い可愛イ可愛い可愛い可愛い可愛い……」

「い、嫌だ、離せっ……」

「もう二度と離しませんよ。誰も……忌々《いまいま》しい最高神さえ手の出せない私たちだけの世界へ、連れて行ってあげましょうね……」

麗人の現れた地面の割れ目が、薄紙でも破るかのように広がっていく。

ロセルを抱いたまま、麗人は冷たい風が吹き上げてくる地の底へ身を躍《おど》らせた。


歌声が聞こえた。初めて聞くはずなのに懐かしく、不思議と心安らぐ歌声だ。

全身が何かとても温かくて優しいものに包まれている。心地よさにもぞりと身じろげば、頭をいい子いい子と撫でられた。

このままずっとこうしていたい。いや、こうしていなければならない。

——ロセル。

何故か強くそう思い、眠りの深海へ沈もうとした時、誰かが呼びかけてくる。

――起きて、ロセル。眠ってはいけません。

最初は聞こえないふりをした。だってロセルは眠り続けなければならないのだ。そうすれば母上様は喜んでくれる。

――ロセル、ロセル、ロセル……起きて。お願いですから。

だがだんだんと悲哀を帯びてくる声音に胸が騒ぎ、ロセルは無理やりまぶたを押し上げた。

ロセルを見下ろしていた黒蛋白石の双眸が優しく細められ、額を撫でられる。

「起きてしまったのですね、私の子」

「……ここ、……は？」

「冥界。……これから私と貴方が永遠に過ごす世界です」

微笑む麗人の周囲には菫《すみれ》やひなげし、薔薇《ばら》に向日葵《ひまわり》、秋桜《コスモス》に桔梗《ききょう》、水仙《すいせん》や待雪草《まつゆきそう》など、色とりどりの花々が季節を問わずに咲き乱れている。麗人は狂い咲きの花園の真ん中に座し、膝にロセルを抱えていた。

まるでおとぎ話のような光景だ――そこだけならば。

花園は大人が十数歩進んだくらいの距離で途切れ、その向こうは広漠《こうばく》たる荒野がどこまでも広がっている。

見上げた先にあるのは空ではなく、真夜中よりも深い暗闇だ。ということは、闇の中で不気

味にまたたく光は星々ではないのだろう。もっと不吉で、もっと禍々《まがまが》しい何かだ。

彼方には向こう岸が見えないほどの大河が黒々とした大蛇《だいじゃ》のように横たわっている。すさまじい水量にもかかわらず、流れる音がまるで聞こえてこないのが不思議だった。河だけではなく、この花園と荒野が入り混じる世界を構成するものは何も音をたてない。だからロセルが息を呑む音さえ大きく響く。

「冥界……人が死後、導かれるという……」

ということは、自分は死んでしまったのか。冷や汗が伝うロセルの額に、麗人はなだめるように口付けを落とす。

「人間たちにはそう伝わっているようですね。正しくは、冥界は罪を犯した者の魂が堕とされ、その罪をあがなうまで責めさいなまれる場所です。善良なる人間の魂は天上の園に招かれ、生命の輪に還《かえ》り、再び人間として生まれ出《い》でる。ここに来ることはありません」

「……っ、…じゃあ、……貴方は……」

二百年前に執《と》り行われていたという『エレウシスの秘儀』によって、シアリーグは無限の魔力と不老不死の肉体を与えられた。

——与えたのは、誰だ？

「貴方は、……大地の女神、なのですか？」

「懐かしい呼び名ですね」

麗人は——シアリーグの肉体に宿る女神は、花がほころぶように微笑んだ。同じ肉体でありながらシアリーグのそれとはまるで違うのに、どこか懐かしく感じてしまうのは、ロセルの身体に女神の娘たる生命の女神の血が流れているせいだろうか。

「もっとも、今の私は最高神によってここに封じられた虜囚《りょしゅう》に過ぎませんが」

「封じられた…？」

大地の女神とその娘である生命の女神の神話はロセルも知っている。

大地の女神は娘を心の底から愛していたため、人間の男との恋には猛反対した。しかし娘の涙に結局は折れ、娘夫婦を祝福した後、地上を去り、天上の世界へ戻っていった。豊穣に恵まれていたはずの大地に厳しい冬が訪れたのは、女神が去ったためである——大陸の民なら幼子でも知る話だが。

「私はただ、貴方を汚らわしい人間から取り戻したかっただけ。貴方を再びこの腹で育て直そうとしただけなのに、忌《い》まわしい最高神は私をこんなところに閉じ込めたのですよ」

黒蛋白石の双眸の奥に怒りの炎を燃え上がらせる女神は、娘の門出《かどで》を祝福したようにはとても見えなかった。

「…ですが、全てはもはやどうでもいいこと。貴方は…私の子は戻って来てくれた。二度と離れることは無いのですから」

「ち、…違う…！」

頬を優しく撫でられ、ロセルは何度も首を振った。

女神はロセルが我が子だと…人間の男を選んだ娘、生命の女神だと思い込んでいる。伝説が正しいのなら、ウシャスの祖《そ》は生命の女神と人間の男との間に生まれた子だから、ロセルは生命の女神の末裔《まつえい》ではある。けれど生命の女神自身ではない。

「違いません。貴方は私の子です。腹を痛めて産んだ私が、間違えるわけがない」

「…う、…あぁっ…」

膝から転げ落ちそうになったロセルを抱え直し、女神は頬を擦《す》り寄せた。うねる金色の髪が広がり、ロセルの四肢に絡み付く。

「人間になった貴方は人間として生き、死んでいった。…その善良なる魂は生命の輪へ…私には手の届かないところへ還ってしまった」

「…ぐっ…、うぅっ……」

「だから私は、我が敬虔たる信徒であるエレウシスの民に呼びかけ続けたのです。我が贄《にえ》となる者を差し出せと。そして二百年前、とうとう応《こた》える者が現れた」

ロセルははっとした。二百年前、女神の呼び声に応えた者…それはシアリーグの父王に違いない。

――喜ぶがいい。そなたは女神様に捧《ささ》げられ、この父が無限の魔力と不老不死を得る糧《かて》となるのだ。

息苦しさでもうろうとし始めた頭に、王冠をかぶった男の姿がぼんやりと浮かび上がる。初めて見る顔だが、すぐにわかった。シアリーグの父王だと。何故なら喜色満面で見詰めるその先…花々で飾り立てられた祭壇には、四肢を拘束されたシアリーグが横たえられていたから。

『エレウシスの秘儀』は大地の女神に贄を捧げる見返りとして、無限の魔力と不老不死の肉体を与えられる儀式だとエレウシス王国には伝わっていた。父王の前の時代にも幾度となく儀式は執り行われていたが、ことごとく失敗に終わっていたのだ。

それは女神が贄を気に入らなかったせいだと、父王は考えていた。女神の目にかなうほど美しく気品に満ち、聡明《そうめい》で、高い魔力に恵まれた高貴なる血統に連なる贄ならば、女神も受け取って下さるだろうと。

そんな者、この世に存在するわけがないと周囲は呆れていた。だが金色の髪を持って生まれた第三王子――シアリーグが比類無き美貌の魔術師に成長した時、父王は歓喜し、秘儀を執り行ったのだ。シアリーグの意志など無視して。

恐ろしいほど美しい女神が地下から現れた瞬間、父王は確信した。秘儀は成功だ。自分こそが栄光ある不老不死の王になるのだと。

誰も知らなかった。天上の世界へ戻ったはずの女神が地下から現れたわけを。シアリーグの肉体に宿った女神が浮かべた喜悦《きえつ》の笑みの意味を。

――ああ、やっと。やっと、私の子を探しに行ける。

女神が息を吐き出したとたん、祭壇を取り囲んでいた神官たちが絶命した。女神の身から発散される、濃厚な冥界の空気に耐え切れずに。召使いたちも、王の栄光を見届けようと参列していた貴族たちも、最後まで秘儀に反対していたシアリーグの母妃《ははきさき》も、次々と死んでいった。父王の目の前で。

事ここに至って、父王はようやく理解した。『エレウシスの秘儀』は贄と引き換えに無限の魔力と不老不死を与えられるような、都合のいいものではなかったのだと。このままシアリーグに宿った女神を自由にさせれば、行く先々で骸《むくろ》の山が築かれるに違いないと。

己の不明を悔いた父王は、自らの命と引き換えに封印の術を施《ほどこ》した。シアリーグの魂を肉体に封じ込めたのだ。

封印の術は父王の目論見《もくろみ》通り、シアリーグと一体化しつつあった女神も巻き込み、秘儀は中断された。しかし女神が宿ったままのシアリーグは心を失い、生きた屍《しかばね》と化してしまう。

以降二百年もの間、シアリーグの存在は歴代エレウシス王に負の遺産として受け継がれていった。女神が宿ったシアリーグを下手に刺激すれば、また秘儀の際のように死を振りまくかもしれない。

歴代エレウシス王は後継者に語り継いだ。

――女神を永遠《とわ》に眠らせよ。目覚めさせてしまったのなら、殺せ。

言い伝えに従い、シアリーグはエレウシス王宮の一画で厳重に監禁されていた。

十三年前、クバードが攻め込んできた時、最後の王はシアリーグを残したまま妻子と共に命を絶った。重すぎる負の遺産に嫌気が差していたのか、クバードに略奪されるに違いないシアリーグが帝都で死を振りまけばいいと思ったのか。

いずれにせよシアリーグは柘榴宮に収められ、そして。

……僕に、出逢ったんだ……。

初めて部屋に忍び込んだ時の、人形のようだったシアリーグを思い出し、涙がこぼれる。目の前で家族を喪《うしな》ったから、心を閉ざしたのではない。父王の野望の犠牲にされ、二百年もの間、生きたまま死んだように扱われていたのだ。

「あの時ほど、母子の縁《えにし》を感じたことはありません」

長い舌がロセルの涙を愛《いと》おしそうに舐《な》め取っていく。

「一目でわかりました。貴方こそ私の可愛い子の生まれ変わりだと。…同時にこの器も目覚め、貴方に対する強烈な思いによって今まで抑え込まれてしまいましたが…」

「う…、やぁっ……」

「この器はもはや私のもの。二度と目覚めることはありません」

重たくなってゆく意識の中、ロセルは悟《さと》った。

『エレウシスの秘儀』とは、贄に捧げられた者を器として、冥界に堕ちた大地の女神を現世《うつしよ》へ顕現《けんげん》させるための儀式だったのだ。

最高神によって地底の冥界に封じられてしまっても、大地の女神は娘を諦めきれなかった。いかなる手を使ってでも娘を探し出し、連れ戻したかった。

だが冥界の住人となった身では、もはや地上の世界には干渉出来ない。仮に地上の世界へ這い上がれたとしても、人間となった娘はとうに寿命を終え、生命の輪に還《かえ》ってしまっている。

ならば器たり得る人間に宿り、生まれ変わった娘を探せば良い。

大地の女神はそう考え、女神の敬虔たる信徒だったエレウシスの民に呼びかけ続けたのだ。

無限の魔力と不老不死を与えるから、器を差し出せと。…嘘は言っていない。女神の依り代《よりしろ》となればその器は老いや寿命とは無縁になり、神の魔力が宿るのだから。

長い時が流れるうちに『贄を差し出せば無限の魔力と不老不死が与えられる』と人間の都合のいい内容にすり替わってゆき、シアリーグの父王はそれを信じた。

『……可愛い……、私の、子……』

十三年前――紅い唇が震え、黒蛋白石の双眸が開いたあの瞬間、シアリーグの父王によって施《ほどこ》された封印は解けたのだろう。

……でもあれは女神じゃない。シアリーグだ。

女神も今まで抑え込まれていたと言っていた。ロセルを愛し、慈《いつく》しんでくれたのはシアリーグ自身なのだ。その手で大人にしてくれたのも……子種をロセルの腹に注いでくれたのも。

なのに何故、今になって女神はシアリーグの身体を乗っ取れた？

「もう誰も、何も、私と貴方を引き離せない」

女神が囁くたび、ロセルの意識は泥に沈められるかのように重たくなってゆく。しゅるしゅると伸びる金色の髪が絡み付く。

「だから安心して眠りなさい。深く、深く……再び私のお腹に還るまで……」

背中をとんとんと叩きながら、女神は歌い始める。

鼓膜に染み込むその歌は、目覚める前にも聞こえていたあの歌だった。緩《ゆる》やかな抑揚《よくよう》や旋律から子守唄だとわかる。遠い昔、女神が娘に歌ってやっていたのだろう。

とろけるように甘い歌声は脳に染み込み、溶かしてゆく。理性も記憶も感情も……ロセルをロセルたらしめているもの、全てを。

……シア、リー、グ……。

『ロセル……、……私の子に、何を！』

沈みゆく意識の呼びかけに応えるように、女神の中で強烈な怒りが弾《はじ》けた。抑え込まれていた懐かしい気配が浮かび上がる。

『許さない……私のロセルを奪う者は、たとえ女神であろうとも……』

死と紙一重の深い眠りにいざなう歌声がかすかに揺らぎ、闇に閉ざされかけていたロセルの心に光がさす。

『シアリーグ……？』

女神に乗っ取られていたのに、ロセルの危機を察知し、その拘束を破ろうとしているのか。

勇気を得たロセルは残る力を振り絞《しぼ》り、心の声を張り上げた。

『僕はシアリーグがいい。シアリーグじゃなきゃ駄目だ。僕の母上様も……あ、愛する人も！

だから、だから……！』

「っ……」

とろけるほど甘い歌声がとうとう途切れた。

微笑みを絶やさなかった美貌に苛立ちが滲《にじ》み、ロセルの背中を叩いていた手が震える。

『堕ちた女神よ、私から出て行け……ロセルは、お前には渡さない……』

「この…、まぐわえた歓びに我を忘れ、私に乗っ取られた器の分際で……清らかな身を穢《けが》した
お前など、私の子が愛するわけがない……！」

女神の美貌が悪鬼《あっき》のごとくゆがんだ。シアリーグが女神に身体を乗っ取られたのは、ロセル
と結ばれたせいだったのか。

『違う！』

強く否定した瞬間、自由にならなかったはずの手がわずかに動いた。

ロセルは全身の力を振り絞り、両手を持ち上げる。幼い頃、シアリーグに抱っこをねだって
いた時のように。

『あの時わかったんだ。僕はシアリーグを、母上様としてだけじゃなく愛してるって。…だか

ら、びっくりはしたけど、嫌じゃなかった』

『ロセル……、……本当に？』

『本当だよ。…ねえ、シアリーグ。シアリーグも僕と同じ気持ちだったんでしょう？　だから、僕を抱いてくれたんでしょう？』

「やめて……！」

女神が憎々しげに叫ぶが、ロセルの心は痛まなかった。泰然《たいぜん》としていた女神が焦《あせ》りを滲ませる。それはシアリーグが女神から解放されつつある証《あかし》だから。

『僕はシアリーグを愛してる。これからもずっとシアリーグと共に生きたい。……だから、女神よ。貴方の子にはなれない！』

『ロセル…、……ロセル！』

「ゆ、許さない、許さない許さない許さない許さない許さない許さない許さない許さない」

呪詛《じゅそ》を吐き出す女神は、遠い昔、娘が己のもとを去っていってしまった時を思い出しているのか。憎悪に染まった顔はシアリーグが美しいだけに、いっそう恐ろしい。娘の生命の女神が人間になってまで母と別れた理由が、なんとなくわかる気がする。

「汚《けが》らわしい汚らわしい、…汚らわしい汚らわしい汚らわしい、汚らわ、………」

びくん、びくんとシアリーグの身体が大きくけいれんする。ロセルの全身に絡み付いていた髪が緩み、頭にかかっていた霧が晴れた。

『ロセルは私だけの愛しい子だ！　……去れ、忌《い》まわしい女神よ！』

「ひ……、い、や、……嫌あぁぁぁぁ！」

シアリーグが力強く宣言した瞬間、ほとばしったのはかん高い女の悲鳴だった。

何かがシアリーグの身体から抜け出ていく。はっと顔を上げれば、黒蛋白石の双眸がまぶしそうに細められた。

「……ロセル。私の、可愛い子」

「シアリーグ……！」

再びしがみ付いたロセルを、シアリーグは抱き返してくれる。ロセルが窒息《ちっそく》しようが動けなかろうがお構い無しの女神とは違う、力強くも優しい抱擁《ほうよう》が懐かしくも嬉しい。

……シアリーグだ。シアリーグが戻って来てくれた……！

「私も…、貴方を愛しています。貴方が初めて私のもとへ忍び込んできてくれた、あの日からずっと…」

「そ、……そんなに前から？」

嬉しさと同時に、わずかな不安が芽生える。

あの頃のシアリーグの中には大地の女神が居た。娘の生まれ変わりだというロセルに対する女神の感情が混ざり、ロセルを愛していると錯覚してしまったのではないか——。

「いいえ、ロセル。あれは間違いなく私の気持ちでした」

ロセルの不安を読み取ったシアリーグが額に口付けてくれる。

「二百年前の秘儀以来、私は父に施された封印によって感情の全てを抑え込まれていました。皇帝によって王宮が蹂躙《じゅうりん》されようと、目の前で王やその妻子が自害して果てようと、私の感情が揺れ動くことは無かった…」

「シアリーグ……」

「けれど貴方を見た瞬間、愛《いと》おしさが溢れ、気付けば貴方を抱き締めていました。この可愛い子を私だけの子にするのだと、貴方にも愛されたいと、それだけしか考えられなくなってしまった」

シアリーグの言葉は嘘ではない。もしもあの時、女神がシアリーグの肉体の主導権を得ていたら、ロセルはとっくにここへ連れ去られていたはずだから。

皇宮《こうぐう》には死が振りまかれ、骸だらけになっていただろう。ある意味、帝国はシアリーグの恋心によって救われたと言える。

「貴方に嫌われたくなかった。だから、貴方には真実を告げられなかった」

「…僕は、シアリーグにどんな過去があったって嫌いになったりしないよ」

「わかっています。…でも、私は貴方が思ってくれるほど清廉《せいれん》な人間ではありません」

きっと出自《しゅつじ》以外にも、シアリーグにはロセルに告げられない秘密があるのだろう。

心中《しんじゅう》した第六皇子と母妃、密通の罪で処刑されたエシェル妃、ハサン、間男《まおとこ》やその関係者たち。夢の中で微笑んでいたシアリーグ、その周りに群れ飛んでいた青白い蝶《ちょう》。脳裏《のうり》によぎった光景を、ロセルは頭を振って追い払う。

「それでも、シアリーグはシアリーグで、僕の母上様だから」

「……ロセル……」

「シアリーグの全部が好きだよ。シアリーグが僕を思ってくれるのと同じように」

愛おしさが溢れ、どちらからともなく唇を重ね合わせようとした時だった。峡谷《きょうこく》を吹き抜ける凍風《いてかぜ》にも似た慟哭《どうこく》がとどろいたのは。

「何故、何故……！」

恐ろしいほど美しい女性――シアリーグから引き剝がされた大地の女神が虚空《こくう》に浮かび、金色の髪をかきむしっている。

「何故なのです、私の可愛い子。何故貴方は一度ならず二度までも、汚らわしい人間などを選ぶのですか……この母を捨てて！」

狂乱する女神は、きっと思ったことすら無いのだろう。娘は己の分身ではなく、娘自身の意志があるのだと。

娘にとっての幸福は、未来永劫《えいごう》母と共に在《あ》ることだと信じて疑わなかった。

だからこそ娘は母から離れたのだろうに。

「……さようなら、お母様」

まがまがしく恐ろしい――けれどどこか哀しい姿を見詰めていると、自分のものではない言葉が喉奥からこぼれ出た。弾かれたように振り向いた女神から、シアリーグはロセルを抱き締めて隠す。

「行きましょう、ロセル。ここは私たちが留まるべき場所ではありません」

「……うん、シアリーグ」

抱き合う二人をシアリーグの魔力が包み込む。女神は空中を這うようにして追いかけてきたが、その手がロセルに届く前に、瞬間転移の術が発動した。

「私の子、私の子、還って来て……私の子……！」

細くたなびく女神の悲鳴は、すぐに聞こえなくなった。

「お帰りなさい、ロセル」

疲れ果てて自室に戻ると、待ち構えていたシアリーグが腕を広げた。素直にその中に収まれば、優しく抱き締められ、背中をとんとんと叩かれる。

「ただいま、シアリーグ……」

甘い魔力の匂いを嗅《か》いだだけで眠気と、それとは裏腹の欲望が湧き起こる。何もかもお見通しのシアリーグは軽々とロセルを抱き上げ、寝室へ運んでくれた。

抱かれたまま横たわった寝台はクバードから賜《たまわ》った邸宅で使っていたものより倍は大きく、精緻《せいち》な細工や宝玉までもがあしらわれた芸術品にも等しい逸品だ。天蓋《てんがい》に施《ほどこ》された柘榴《ざくろ》の彫刻は、皇帝と皇太子にしか許されない紋章である。

ロセルは二年を過ごした邸宅から、皇帝の住まいたる紅炎宮《こうえんきゅう》へ居《きょ》を移していた。柘榴宮から死ぬまで出られないはずのシアリーグと共に。

その発端《ほったん》は一月《ひとつき》ほど前——冥界《めいかい》から帰還を果たした時までさかのぼる。

『殿下、殿下、殿下！』

『神に選ばれし聖皇子、ロセル殿下万歳！』

瞬間転移の術によって地上に帰ったロセルたちを迎えたのは、生き残った兵たちの熱狂と歓《かん》呼《こ》だった。激しい争いをくり広げ、皇帝が命を落としたばかりだというのに、クバードに与《くみ》して戦った兵たちまでもが心酔《しんすい》しきった眼差しを向けてくる。

困惑しきりのロセルとシアリーグをひとまず邸宅へ避難させ、事情を説明してくれたのはオルハンだった。

ロセルの感覚ではずいぶん長い間冥界で過ごしたようだったが、地上の世界では半刻ほどしか経《た》っていないという。半刻前、地中から現れた女神によってロセルが連れ去られた後、誰からともなく声が上がったのだそうだ。

『ロセル殿下は、女神に選ばれた……』

皇帝クバードと反逆者ロセル皇子、父子の争いを帝国の守護神たる大地の女神が憂《うれ》い、神々の国から降臨した。全ての真実を見通す女神はクバードに死を与え、ロセルを神々の国へ招き入れた。それは反逆の罪がクバードのねつ造であり、心正しきロセルが女神に見初《みそ》められたからに違いない。事情を知らない兵たちの目にはそう見えたのだ。

『その通り。ロセル殿下は女神の祝福を賜り、いずれ神々の国から帰って来られよう。我らはすぐさま矛《ほこ》を収め、殿下のお帰りを待たねばならぬ。それが神意《しんい》だ』

とっさに呼びかけた時点では、ロセルに何が起きたのか、オルハンはほとんどわかっていなかった。ただこの好機を逃してなるものかと、その一心だったそうだ。

実際に女神の降臨を目《ま》の当たりにした兵たちは、クバード側もロセル側もオルハンに従い、武装を解除していった。ロセルとシアリーグはその最中に冥界から帰還し、熱狂的な歓迎を受けたというわけだ。

女神の祝福を受けた聖なる皇子ロセルは貴族からも民からも熱烈な支持を受け、次の皇帝として紅炎宮に移り住むことになった。シアリーグも一緒だ。

十三年前、後宮に収められたきり人前に姿を現すことも無かったシアリーグは、忘れ去られた妃《きさき》だった。その妃が女神を宿したことに人々は驚き、亡国の王子など新たな皇后に相応《ふさわ》しくないのではと批判したが、ロセルが幼い頃から慕《した》っていたと知ると一転、『女神の器たるほどのお方を幼くして選ぶとは、さすが聖なる皇子』と口々に誉めそやし始めた。今やシアリーグは女神の依《よ》り代《しろ》、女神の化身《けしん》として人々の崇拝を集めつつある。

シアリーグ以外の伴侶は要《い》らないと断言するロセルに、オルハンは反対出来なかった。『一点の曇《くも》りも無く、殿下の治世《ちせい》を支えられるお方』。かつてオルハンが挙げたロセルの伴侶の条件に、女神の化身たるシアリーグほど合致《がっち》する者は居ないからだ。

貴族からも反対はほとんど出ず、ロセルは皇帝、シアリーグは皇后として並び立つことが決まった。

二人の間に子が生まれないことは問題にならなかった。柘榴宮にはロセルの異母きょうだいが何人も残っているからだ。あらゆる意味で脅威だったクバードが死んだ今、柘榴宮には奇妙なほど穏やかな空気が流れている。異母きょうだいたちには母親の身分に関係無く一流の教師が与えられ、いずれ最も相応しい者がロセルの後継者に指名されるだろう。

クバードの骸《むくろ》は歴代の皇帝が眠る霊廟《れいびょう》ではなく、帝都から遠く離れた墓地にひっそりと葬《ほうむ》られた。帝国の版図《はんと》を最大にまで広げた功績を考慮しても、女神の寵児《ちょうじ》たるロセルに濡れ衣を着せ、内乱を起こしかけた罪はとうてい許されないと判断されたためだ。クバードに踏みにじられてきた者たちの恨みをやわらげるためでもあっただろう。墓地に送られる折、骸が乗せられた馬車を見送る者はごく少数で、皇帝の座に在《あ》った者としては寂しすぎる最期《さいご》だった。

皇帝も皇太子も不在という帝国史上初の異常事態は、一刻も早く解消されなければならない。オルハンや貴族たちは忙しく立ち働いたが、彼ら以上に忙殺《ぼうさつ》されたのがロセルだった。何せ皇太子でもなかった日陰者の皇子がいきなり皇帝に即位するのだ。段取りの確認、衣装の用意、礼儀作法、招待する貴族の選抜など、即位式だけでも覚えなければならないことが山ほどあった。即位すれば、ますます増えるのだろう。

戦場を転々としてきたから忙しいのには慣れているつもりだったのだが、一指揮官と皇帝では求められる素質が違う。周囲の誰もが自分を敬《うやま》い、へつらうのにも馴染めない。シアリーグが支えてくれなかったら、さっさと逃げ出してしまったかもしれない。

苦労の甲斐《かい》あって準備は着々と整い、来月には即位式が執り行われる。

ロセルは皇帝に、シアリーグは皇后に。幼い頃から夢見ていた、誰にはばかることも無く共に居られる地位を手に入れるのだ。もっとも、想像していたのとはまるで別の形になってしまったけれど。

「……ロセル、何か心配事でもありましたか？」

こっそり吐いた溜め息に目ざとく気付き、シアリーグが問いかけてくる。ロセルはその胸に埋《うず》めた顔をゆるゆると押し付け、苦笑した。冥界《めいかい》から帰還して以来、シアリーグは今まで以上にロセルの身を案じ、少し咳《せき》をしただけでも寝台に押し込もうとする始末だ。

「ううん、何も。ただ、僕が女神に祝福された聖なる皇子だなんて、いいのかなあって」

あの時、シアリーグの身体を借りて戦場に降臨したのは、間違い無く大地の女神だ。

だが女神の目的は娘の生まれ変わりのロセルを冥界へ引きずり込むことであって、クバードとロセルの争いを憂えたわけでも、ロセルに祝福を授《さず》けようとしたわけでもない。クバードにいたってはただ目障《めざわ》りだったから殺されただけだ。

なのにロセルが聖なる皇子と崇《あが》め奉《たてまつ》られるのは、皆を騙しているのではないだろうか。オルハンだけには事情を伝えたが、敬愛するマリヤム姫の忘れ形見が女神の娘の生まれ変わりだと知り、その忠誠心はより高まってしまった。

「構わないと思いますよ。どのような形であれ、かの女神が貴方を…我が子を愛していることは真実なのですから」

「そう…、かな……」

大地の女神に対する気持ちは複雑だ。シアリーグの身体を乗っ取り、自分を冥界へさらって閉じ込めようとしたことは絶対に許せないが、必死に追い縋《すが》ってきたあの顔を思い出すと胸が痛くなる。

シアリーグという器を失った女神は、『エレウシスの秘儀《ひぎ》』が失われた以上、二度と冥界からは出られない。女神以外誰も居ないあの寂しい世界で永遠に生き続けることになる。決して戻らない娘を思いながら。

「駄目ですよ、ロセル。あまりかの女神を思っては」

——貴方は、私の子でしょう?

耳元で囁く声音は蜜《みつ》よりも甘く、ねっとりと鼓膜に絡み付いた。

ぞく、と背筋が震える。

「シアリーグ……母上様……」

優しく頭を撫でた手が上衣《じょうい》の紐《ひも》を解き、前をはだける。このところしょっちゅう吸わせてもらっているせいか、さらけ出された胸の肉粒は以前よりも少し濃く色付き、ロセルを艶めかしく誘っていた。

「可愛いロセル、私のロセル……」

頭を大きく動かし、ちゅうちゅうと夢中で乳を吸うロセルを、シアリーグは愛《いと》おしくてたまらないとばかりに抱き締める。

疼《うず》き始めた股間をぐりぐり押し付ければ、背中をさすっていたシアリーグの手がロセルの脚衣《きゃくい》を下着ごとずり下ろし、股間を優しく包み込んだ。

「…あんっ…」

そっと揉《も》まれただけで肉茎が漲《みなぎ》り、腰が跳ねた弾《はず》みで肉粒をこぼしてしまう。ふふ、とシアリーグは笑い、肉粒を咥《くわ》え直させてくれた。

「今朝もたっぷり絞《しぼ》ってあげたのに、もうこんなに溜めて。…よほど疲れたようですね」

「ん…っ、う、ううぅっ……」

——それだけじゃない。シアリーグが愛《いと》しいから……欲しくて欲しくてたまらないから……。心の声は魔力を介して伝わったはずだ。肉茎《にくけい》に絡み付く指の動きがいっそう激しく、狂おしくなったから。

「いい子、いい子。ロセルはいい子」

「……う、…っ…、ん、…んぅっ…」

「母上様の胸を吸いながら、いっぱい子種を出しなさい……」

しゃぶり付いた胸から芳醇《ほうじゅん》な魔力が流れ込んでくる。んぐ、んぐ、と喉を鳴らしながら嚥下《えんげ》し、ロセルは腰を振る。シアリーグの手の中で先走りを纏《まと》った肉茎がぬるぬると滑り、強弱をつけて扱《しご》かれるのが気持ち良くてたまらない。

「…………っ！」

先端の小さな穴にシアリーグの指先が食い込んだ瞬間、肉茎は子種を溢れさせた。ロセルの子種は全部シアリーグのものだから、一滴残らず受け取ってもらわなければならない。絶頂の快感に押し流されてしまわぬよう、ロセルは腰を揺らし、肉茎に残った分までしっかりシアリーグの手に吐き出す。

「……可愛い子……」

はぁ……、と甘い吐息がロセルの髪をくすぐった。シアリーグの手がそっと肉茎から離れ、紅い唇に引き寄せられる。

ぴちゃぴちゃとてのひらを舐める音が、ロセルの血を沸騰《ふっとう》させていった。シアリーグがロセルの子種を腹に入れてくれている。たとえ新しい命を芽吹かせることが無くても、それはきっと二人を結び付ける強い絆《きずな》になる。

「……母上様、僕も……」

——欲しい。シアリーグの雄と、子種が。

じゅうっと肉粒を吸って腰を物欲しそうに振るだけで、優しいシアリーグはロセルの願いを汲《く》み取ってくれた。ロセルを抱き上げて胡座《あぐら》をかき、向かい合う体勢で膝に乗せる。

寝台に横たわった方がロセルの負担は少ないとシアリーグは言うが、ロセルはシアリーグの顔を見上げ、抱き付きながら雄を銜《くわ》え込めるこの体勢が好きだ。顔じゅうに口付けてもらえるのも、好きなだけ肉粒にしゃぶり付けるのもたまらない。

「ロセル……さあ、お腹いっぱいになって……」

「あ……ん、あ、あ、母上様、母上様ぁぁ……っ！」

少しずつ腰を落とし、シアリーグが蕾《つぼみ》にあてがってくれた巨大な先端を呑み込んでいく。

この一月、日ごと夜ごと愛《め》でられてきたそこは、ほとんど解《ほぐ》されなくてもシアリーグを受け容《い》れられるようすっかり躾《しつ》けられていた。

「…あ…ぁっ…、母上様…、すごく、大きい…」

「ええ…、…貴方《あなた》が、愛おしくてたまらないから…」

「僕も、……僕も、母上様が、好き…っ…！」

シアリーグの胸に抱き付き、腹の半《なか》ばまで沈み込んだ先端を媚肉《びにく》にこすり付ける。やわらかく拡《ひろ》がり、よりたくさんの子種を注いでもらえるように。

「可愛い、ことを…っ…」

ぐんと雄が熱と質量を増し、一気に最奥《さいおう》へ突き進む。行き止まりのさらに奥をこじ開けられ、シアリーグ以外の誰もたどり着けない場所を占領される。

「あっ、あっ、母上様、好き、母上様っ」

「心も身体も…やることなすこと、貴方は可愛すぎる…。ああ、本当に……」

——本当に、私の中に閉じ込めてしまいたい。

狂おしいまでのシアリーグの激情が伝わってきて、ロセルはぞくぞくと身を震わせた。腹の中の雄をきゅうきゅうと食《は》み締め、もっと奥へ誘い込んでしまう。

「あ……ぁ、嬉しい、母上様……」

互いの胸を擦《こす》り合わせ、わななく脚をシアリーグの腰に回す。激しく突き上げてくるシアリーグに振り落とされてしまわないように。

「母上様になら…、いい……」

ロセルを冥界に留めようとした大地の女神には、嫌悪と恐怖しか覚えなかった。けれどシアリーグになら…シアリーグの中に閉じ込められるのなら、きっとロセルは歓《よろこ》びだけを感じるだろう。何があろうと、二度と離れずに済むのだから。

「ロセル、……ロセルっ！」

「あ！ ……あ、や、あああああ――……っ！」

ぐぽんっと最奥に嵌《は》まり込んだ雄の先端が、待ちわびる媚肉に熱の奔流《ほんりゅう》を叩き付ける。同時に敏感な最奥をしつこく抉《えぐ》られれば、腹が内側からせり出てきそうな錯覚さえ覚える。

「……は……あ、あ、あぁ……」

ちかちかと小さな光がいくつも視界で弾《はじ》ける。

ほんの少しの隙間だって許せないのに、しがみ付く腕にも脚にも力が入らず、くったりとシアリーグにもたれかかってしまう。そのくせ肌はどこもかしこもやけに敏感になっていて、大きな手に尻たぶを撫で回されるだけで腰がきゅんきゅんと疼《うず》いた。

「中に出されて達するなんて……私のロセルは、どこまで可愛くなるのでしょう……」

シアリーグは恍惚《こうこつ》と囁き、力の入らないロセルの分まで強く抱きすくめてくれる。

ぐり、と雄がまた奥へ押し込まれ、熱を帯びた。この肉杭《にくぐい》に串刺しにされている限り、シアリーグと離れ離れになる心配は無い。注いでもらった子種がこぼれてしまうことも。シアリーグの愛をひしひしと感じ、嬉しくなるけれど。

「え……、でも、僕……」

ロセルは戸惑った。二人の身体に挟まれたロセルの肉茎はさっき達してから、ずっと項垂《うなだ》れたままなのだ。シアリーグだってわかっているだろうに。

「本当に愛された可愛い子は、子種を出さなくても達することが出来るのですよ。ほら……」

「ひ、…あんっ！」

肉杭が抜ける寸前まで身体を持ち上げられたかと思えば、一気に落とされる。硬い先端にとろけきった媚肉をごりごりとなぞられ、ロセルは熱した短剣で切り分けられる乳酪《バター》の気分を味わった。

…溶ける。ぐちゃぐちゃのどろどろに溶かされてしまう。

「…っ…、また、達しましたね」

いい子、と肩に吸い痕を刻んでくれるシアリーグの唇も、腹の中の雄も震えている。子種を出さずに達すると、雄をきつく食み締めながら奥へ銜え込み、えもいわれぬ快楽をシアリーグに与えるらしい。

ならば――。

「…もっと、いかせて」

溶けてしまって動かない身体の代わりに、ロセルはシアリーグの雄を締め上げた。太い肉杭はたちまち奮《ふる》い立ち、腹を押し広げる。

「もっと…もっと、母上様と一緒に気持ち良くなって、どろどろに、なりたい…そうすれば、母上様の中に、閉じ込めて、もらえるから…」

「あ……、ああ、あっ……」

――ロセル、ロセルロセルロセルロセルロセル！

歓喜にわななく紅い唇も、魔力から伝わる感情も、ロセルだけを求めてくれる。

愛しいシアリーグ。シアリーグよりもロセルを愛してくれる人は居ない。ロセルよりシアリーグを愛する人が居ないように。

「一つに…、一つになりましょう、ロセル…」

「あ……、は、あぁっ…」

つながったまま寝台に押し倒され、両脚を抱え上げられる。さらけ出された蕾にぐぷんと雄を突き入れられれば、揺れる視界でまた小さな光が弾けた。

「私がずっと守ってあげる。誰の目にも触れさせず、外の空気にもさらさず……ずっとずっと、私の中で……」

「…う…っ、ん…、母上様、……母上様ぁ……！」

シアリーグに包まれ、シアリーグだけを感じて生きる。思い描いた妄想は実現しないからこそ甘く、とろとろとロセルの頭をむしばんでいく。

――母上様、お願い。

唇は甘ったるいさえずりしか漏らせなくなったから、魔力を通じておねだりする。

優しいシアリーグはすぐにロセルの願いを叶えてくれた。何本もの魔力の手がロセルの上体を持ち上げ、倒れぬよう支える。

「あぁ……、いい子のロセル…っ…」

シアリーグは微笑み、肉粒に吸い付いたロセルのつむじに口付けの雨を降らせた。そこだけを切り取ったなら我が子を愛でる慈母なのに、その雄は猛《たけ》り狂い、我が子の腹を容赦《ようしゃ》無く犯している。

「愛しています…、貴方だけを……」

「僕も…、僕も、母上様を、愛してる…っ…」

中に出された子種が雄にかき回され、奥へ奥へ流し込まれていく感触にロセルは震えた。これでまたたくさん子種を注いでもらえる。ロセルの腹がぱんぱんになるまで、何度も何度もシアリーグに愛してもらえる。

今宵《よい》だけではない。これからずっと…互いの命が尽きるまで、誰にはばかることも無く愛し合えるのだ。

「や…あ…っ、あ、ああ、母上、様……！」

最奥で弾けた雄がぶちまける愛の証《あかし》を、ロセルは恍惚の表情で受け止めた。

すやすやと眠る愛しい子の寝顔を眺めていると、全身がとろけてしまいそうな愛おしさと同

時に欲望が鎌首をもたげる。

困ったもの、とシアリーグは苦笑した。夕餉《ゆうげ》も食べずにまぐわい続け、ようやく終わった頃には空が白み始めていたというのに、身の内の熱情は覚める気配も無い。ロセルの媚態《びたい》を思い出すだけで、雄はたやすく熱を孕《はら》む。

『ふ…っ、ん…、ん、ん、うぅ…っ…』

行為の最後では、あお向けに横たわったシアリーグにロセルが逆向きでまたがり、シアリーグの雄を頬張っていた。

大きすぎる先端を咥えるのには難儀していたが、口内を拡げられる感覚も硬い先端に喉奥を突かれるのも気に入ったらしく、シアリーグに向けた尻をぷりぷりと振るのが可愛くてたまらなかった。

ロセルの望み通り、そのまま喉奥に子種を注いでやるつもりだったのに、また尻を犯さずにはいられなくなってしまうほどに。

『姉ぁ…、母上様の、もっと、欲しいぃ……』

ロセルはひんひん泣いて抗議して…その泣き顔にもまた劣情をそそられて、シアリーグは四つん這いにさせたロセルの尻を貫《つらぬ》いた。腹の中の子種がこぼれてしまいそうだったと囁いてやれば、自《みずか》ら尻を押し付け、もっと奥にちょうだいとねだるロセルの愛おしさといったら…！

「やはり貴方は、可愛すぎる……」

むにゃむにゃとうごめく唇にシアリーグの胸をあてがってやると、ロセルは眠ったまま嬉しそうに吸い付いてくる。

安心しきった寝顔は無垢《むく》で年齢よりもあどけなく、誰かが見たなら微笑《ほほえ》ましく思うだろう。毛布の下に隠れた下肢《かし》はシアリーグの脚に絡み付き、尻のあわいから子種を垂《た》れ流しているなんて予想もしないはずだ。

……あの男だけは、違うでしょうけれど。

オルハン――まんまとロセルの補佐役に収まった魔術師。あの男はロセルを祖国の血を引く最後の王族というよりは、ひそかに愛し合っていたマリヤム王女の忘れ形見として接している。マリヤムと自分が結ばれたら生まれていたはずの子に、ロセルを重ねているのだろう。だからあれほど献身的にロセルを支えるのだ。

それだけならば構わない。ロセルを守る肉の盾《たて》はいくつあってもいい。

けれど、ロセルにシアリーグ以外の妃をあてがおうとするのだけは許せない。

クバードの場合は多すぎただけで、皇帝は普通、正妻以外に複数の妃を持つものだ。ウシャスの血を引くロセルの子を、オルハンたちウシャスの生き残りは切望している。シアリーグに正妻の座を与えておいて、即位後の混乱が落ち着けば、子を産むだけの存在として側室《そくしつ》を勧めるつもりに違いない。

「……ふふ、ふふふっ……」

思わず嘲笑《ちょうしょう》が漏れてしまう。

『エレウシスの秘儀』は失われた。大地の女神が冥界から呼び出されることは二度と無い。ロセルもオルハンたちも、そう信じている。

皆、忘れているのだ。

シアリーグが二百年もの間、女神と共に在ったことを。歴代のエレウシス王が徹底的に消し去った秘儀の内容は、シアリーグの脳に刻み込まれていることを。

もしもオルハンたちが本当に側室を勧めれば――ロセルが彼らの願いを聞き入れたのならば、シアリーグは迷わず秘儀を執り行う。自分自身を器たる贄《にえ》として。そして降臨した女神を喰らい、シアリーグ自身が神となってロセルを冥界へさらっていく。

その時こそ、シアリーグとロセルは一つになるのだ。

「……お休みなさい、可愛い子……」

眠る我が子のため、シアリーグは口ずさむ。

ロセルが冥界で女神から聞かされた子守唄と、そっくり同じ旋律を。

あとがき

AFTERWORD

—宮緒葵—

こんにちは、宮緒葵です。『おかえりなさい、愛《いと》しい子』をお読み下さりありがとうございました。ディアプラス文庫さんではしばらくシリーズものを出して頂いていたので、新しいお話は久しぶりですね。
（本篇のネタバレが含まれますので、後書きは本篇読了後に読むことをお勧《すす》めします）

このお話を書こうと思ったきっかけは、『ある大帝国の日陰者皇子が父親の側室（男）と仲良くなり、実は大魔術師だったその側室に「私がママになるんだよ（性的に）」と迫《せま》られてしまう』という夢を見たことでした。そのネタをSNSに投稿したところ、意外なくらいご好評を頂いたのでダメ元で担当さんに相談してみたらご快諾《かいだく》下さった…という次第です。私の担当さん、どなたも懐《ふところ》が深すぎませんか…。

さて、母子といえば私がいつか書きたいと思っていたのが、ギリシャ神話のデメテルとペルセポネでした。有名な神話なのでご存知の方も多いかと思います。

かいつまんで説明すると――大地の女神デメテルの娘ペルセポネが彼女を見初《みそ》めた冥界《めいかい》の神ハデスにさらわれてしまった。デメテルが大いに嘆《なげ》いたため地上は荒廃《こうはい》する。そこで主神《しゅしん》ゼウスのとりなしでペルセポネは母のもとへ帰れることになったが、ハデスに冥界の柘榴《ざくろ》を何粒か食べさせられたことにより、一年の三分の一（諸説あり）を冥界で過ごさなければならなくなってしまった。デメテルはペルセポネが冥界で過ごす間は大地に実りをもたらすのをやめ（冬）、娘が帰ってくると喜んで豊穣《ほうじょう》をもたらした（春）――こんなお話です。『冥界の食べ物を口にした者は、現世には帰れない』という、日本の神話にも通じる一種の黄《よ》泉戸喫《もつへぐい》に驚かされるエピソードであり、母の強い愛情が感じられるエピソードでもありますが、デメテルの執着に萌えつつも、私は何となくすっきりしないものを抱いていました。

　このエピソードを題材にした絵画はいくつも描かれていますが、すっきりしないものの正体に気付かせてくれたのが英国の画家フレデリック・レイトンの『ペルセポネーの帰還』です。ゼウスに遣わされたヘルメスがペルセポネを冥界から救い出し、歓喜したデメテルが出迎える瞬間を描いた作品なのですが、喜びをあらわにする母に対し、娘はまどろむように目を閉ざしたまま。両腕を伸ばしてはいるけれど、それは母に向けたものなのか。心なしか、ヘルメスの表情も困っているように見えるんですよね。

　もしかしたら娘は母のもとに帰ることを望んでいなかったのかも、と思い、気付いたわけです。神話では肝心《かんじん》の娘（ペルセポネ）の気持ちがほとんど語られていないことに。母は娘にいつまでも可愛い娘でいて欲しかったのではないか、娘は母の愛情を嬉しく思いつつも重荷でもあったのではないか、と…これは神話に限らず、現代人にもありうる葛藤《かっとう》ですが。

今回、このお話を書かせて頂けることになった時、せっかくだからぜひこのエピソードも取り入れたいと思いました。

なのでお話には神話のキーワードがあちこちにちりばめられています。主人公ロセルの名前はペルセポネの別名プロセルピナから、攻シアリーグの名前はデメテルの別名シアリーズから取りました。

ロセルが第十二皇子なのはプロセルピナに差し出された柘榴が十二粒だった（うち四粒あるいは六粒を食べてしまった）のにちなんだもので、シアリーグが護符《ごふ》に刻んだ麦と松明《たいまつ》はどちらもデメテルのシンボルです。他にも色々ありますので、よろしければ読み返して探してみて下さいね。

今回のイラストは橋本《はしもと》あおい先生に描いて頂けました。

橋本先生、お忙しい中お引き受け下さりありがとうございました！　頂いたキャララフのシアリーグの美しさはもちろんですが、ロセルの愛らしさ、そしてクバードの意外なイケメンぶりに感動しました。

最後までお付き合い下さった皆様、今回も本当にありがとうございます。久しぶりの新作、お楽しみ頂けましたでしょうか。よろしければご感想を聞かせて下さいね。

それではまた、どこかでお会い出来ますように。

この本を読んでのご意見、ご感想などをお寄せください。
宮緒 葵先生・橋本あおい先生へのはげましのおたよりもお待ちしております。

〒113-0024　東京都文京区西片2-19-18　新書館
[編集部へのご意見・ご感想] ディアプラス文庫編集部
「おかえりなさい、愛しい子」係
[先生方へのおたより] ディアプラス文庫編集部気付　○○先生

- 初出 -
おかえりなさい、愛しい子：書き下ろし

[おかえりなさい、いとしいこ]
おかえりなさい、愛しい子

著者：宮緒 葵 みやお・あおい

初版発行：2024年5月25日

発行所：株式会社 新書館
[編集] 〒113-0024
東京都文京区西片2-19-18　電話（03）3811-2631
[営業] 〒174-0043
東京都板橋区坂下1-22-14　電話（03）5970-3840
[URL] https://www.shinshokan.co.jp/

印刷・製本：株式会社 光邦

ISBN978-4-403-52600-8 ©Aoi MIYAO 2024 Printed in Japan

華は褥《しとね》に咲き狂う
全8巻
「お会いしとうございました、背《せ》の君《きみ》」
——庶出の出ながら奇妙な巡り合わせで
将軍位を継いだ光彬《みつあき》。
慣例に従い都から迎えた御台所《みだいどころ》は、
絶世の麗人ではあるものの紛《まぎ》れもない男で……!?
架空の時代都市・恵渡《えど》を舞台に、
天性の人たらしにして
包容力抜群の上様・光彬と、
光彬にベタ惚れの御台所にして
闇組織の長でもある純皓《すみひろ》が、
様々な試練を乗り越えつつ
愛を育《はぐく》む豪華絢爛《けんらん》色恋絵巻。
宮緒葵
小山田あみ
AOI Miyao
Ami OYAMADA
SHINSHOKAN
電子「華は褥に咲き狂う①」「華は褥に咲き狂う②～華と剣～」
「華は褥に咲き狂う③～悪華と純華～」「華は褥に咲き狂う④～火華と刃～」
紙文庫＋電子
「華は褥に咲き狂う⑤～兄と弟～」「華は褥に咲き狂う⑥～恋と闇～」
「華は褥に咲き狂う⑦～神と人～」「華は褥に咲き狂う⑧～比翼と連理～」